só para garotos

SÓ PARA GAROTOS

COMO SER O MELHOR EM TUDO

Dominique Enright
e Guy Macdonald

lua de papel

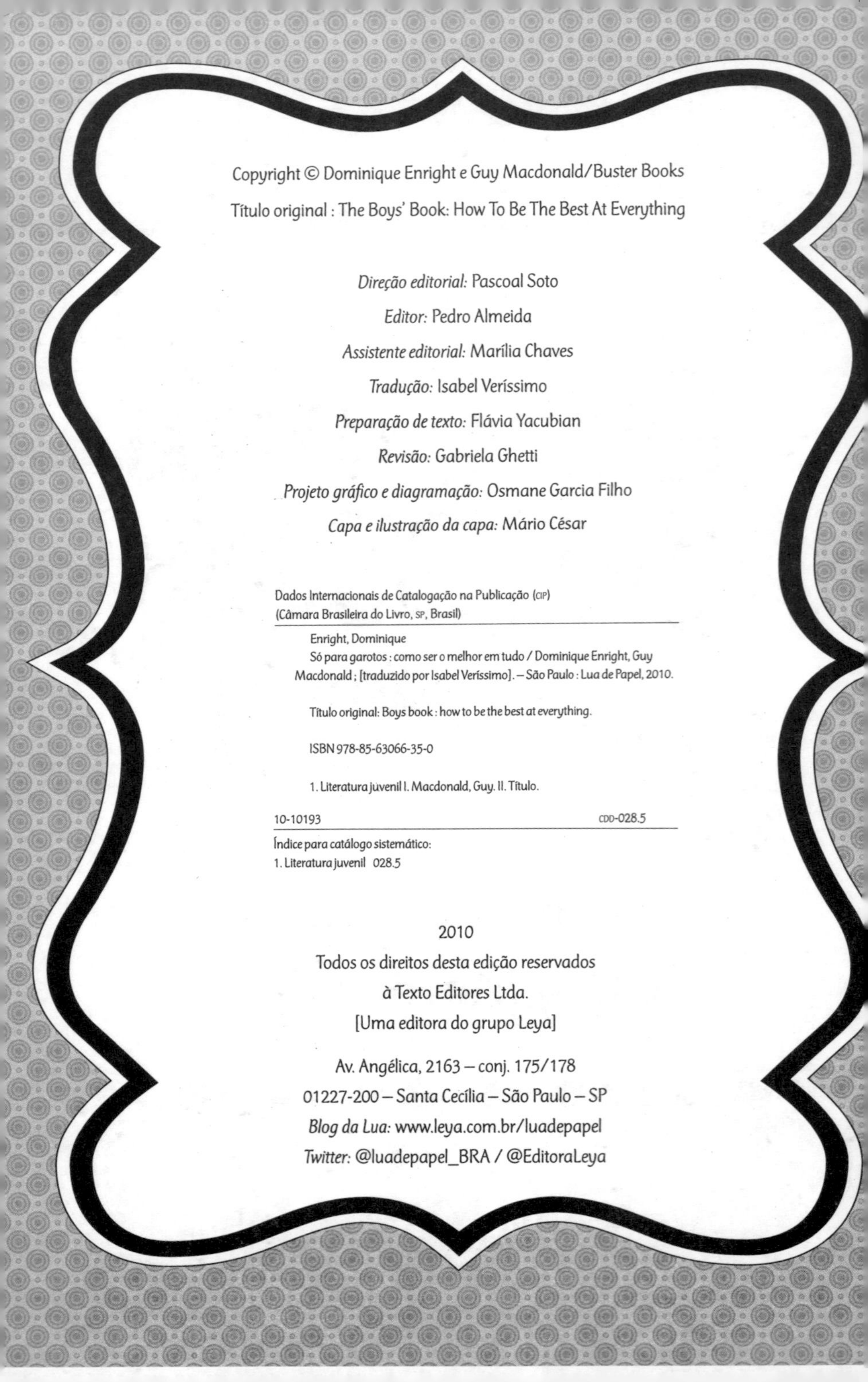

Título original : The Boys' Book: How To Be The Best At Everything

Direção editorial: Pascoal Soto

Editor: Pedro Almeida

Assistente editorial: Marília Chaves

Tradução: Isabel Veríssimo

Preparação de texto: Flávia Yacubian

Revisão: Gabriela Ghetti

Projeto gráfico e diagramação: Osmane Garcia Filho

Capa e ilustração da capa: Mário César

Dados Internacionais de Catalogação na Publicação (CIP)
(Câmara Brasileira do Livro, SP, Brasil)

Enright, Dominique
Só para garotos : como ser o melhor em tudo / Dominique Enright, Guy Macdonald ; [traduzido por Isabel Veríssimo]. – São Paulo : Lua de Papel, 2010.

Título original: Boys book : how to be the best at everything.

ISBN 978-85-63066-35-0

1. Literatura juvenil I. Macdonald, Guy. II. Título.

10-10193 CDD-028.5

Índice para catálogo sistemático:
1. Literatura juvenil 028.5

[Uma editora do grupo Leya]

Av. Angélica, 2163 – conj. 175/178
01227-200 – Santa Cecília – São Paulo – SP
Blog da Lua: www.leya.com.br/luadepapel
Twitter: @luadepapel_BRA / @EditoraLeya

Com especiais agradecimentos a Ellen Bailey; Claire Buchan; Jamie Buchan; Toby Buchan; Agnieszka Chojnowska; David Bann; Ray King; Dr. John L. Breen da Escola de Estudos Orientais e Africanos; Universidade de Londres; e à assessoria de imprensa das embaixadas britânicas na Grécia, na Suécia e na Federação Russa.

SUMÁRIO

NOTA AOS LEITORES

O editor e o autor se isentam de qualquer responsabilidade por acidentes ou ferimentos que possam ocorrer como resultado dos experimentos decorrentes das informações oferecidas neste livro.

Para ser o melhor em tudo, você precisa sempre usar o bom-senso: utilize sempre equipamento adequado, fique dentro das leis locais e tenha consideração pelas outras pessoas.

Aqui está o livro que todo rapaz, novo ou velho, esperava.

Descubra como ser o melhor em tudo.

Horas de diversão garantida!

Seja o melhor!

COMO FAZER UM *OLLIE*

Essa técnica é a base para a maioria das manobras de *skate*. Permite ao skatista pular sobre um obstáculo, um degrau ou uma mureta enquanto, durante todo o tempo, o *skate* parece estar grudado aos seus pés.

1. Já em cima do *skate* e com ele em movimento, coloque um pé na cauda (parte de trás) do *skate* e o outro na metade entre o nariz (parte da frente) do *skate* e a cauda.
2. Abaixe-se e se prepare para pular. Tome impulso na cauda do *skate* com o pé de trás.
3. Agora endireite as pernas, pulando no ar. A força descendente na cauda fará o *skate* avançar com seu pé da frente.
4. Conforme o *skate* se ergue, deslize seu pé da frente em direção ao nariz. Então, com esse pé, empurre o nariz.
5. Levante seu outro pé para permitir que a cauda suba à medida que a força descendente é aplicada no nariz.
6. O *skate* agora ficará nivelado conforme você alcança o máximo do salto. Depois a gravidade agirá e você e o *skate* descerão.
7. Conforme você descer, dobre as pernas de novo para absorver o impacto da aterrissagem.

COMO INSULTAR ALGUÉM SEM SE DAR MAL

Com essa sarcástica lista de comentários bacanas, nunca lhe faltará o que dizer para amigos confiantes demais. E você nunca se dará mal porque eles não estarão familiarizados com as palavras que você usará. Até mesmo seu professor ficará perplexo e impressionado.

Mocorongo – muito estúpido, idiota: "Como você é um mocorongo!".

Cacófano – barulho desagradável: "Que cacófano é esse que minha irmã está fazendo?".

Lolita – um atrativo em particular: "Ela não tem nenhuma Lolita em sua saia".

Tecnófobo – quem despreza ou rejeita tecnologias: "Meu pai odeia celular. Realmente ele é um tecnófobo!"

COMO PILOTAR UM HELICÓPTERO

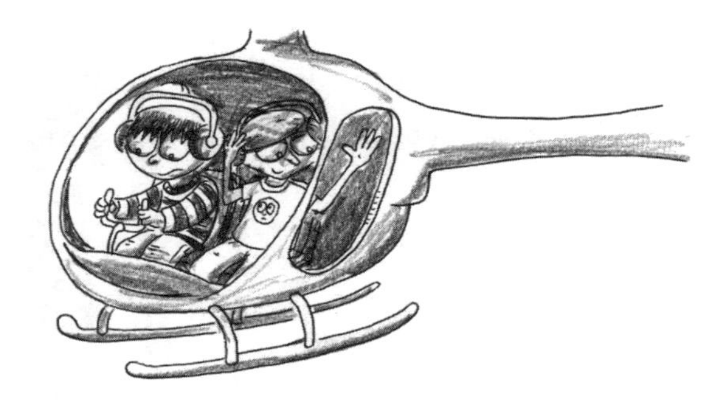

Um helicóptero pode se deslocar para cima e para baixo, para frente e para trás e para os lados. Pode ainda rodar 360 graus, ficar parado num ponto do céu e pairar... e, pairando no ar, é capaz de girar. Como piloto, você deve ficar o mais alerta possível para ser capaz de operar e controlar o movimento do aparelho.

1. Em uma mão, você tem a alavanca de comando coletivo (*pitch stick*). Isto se ajusta aos rotores principais de forma que permite ao helicóptero subir e descer. Ela também controla a velocidade do motor.
2. Na outra mão, está o *pitch* cíclico. Esse controle faz o rotor principal inclinar para que você possa puxar o helicóptero para trás, para frente e para os lados.
3. Seus pés ficam nos pedais que controlam o rotor da cauda. Isto permite que o helicóptero vire para qualquer direção.

Para aperfeiçoar seu voo, evitando giros perigosos e inesperados, mergulhar nessa ou naquela direção e ascensões aos trancos e quedas no ar, você deve fazer suas mãos e seus pés trabalharem em conjunto a fim de que o helicóptero faça o que você quiser.

COMO FAZER MÁGICA

Aqui está um truque de mágica que vai enganar todo mundo de verdade.

1. Antes de fazer o truque, você precisa fazer uma carta-truque. Corte um rei de espadas ao meio e cole-o na frente de um dez de ouros. Coloque-o na metade ao lado do dez e ligeiramente inclinado para a direita, conforme mostra a figura.
2. Depois, tire três cartas do baralho – a sua carta-truque, o cinco de copas e o valete de paus.

3. Disponha as cartas em forma de leque, conforme mostrado ao lado. Verifique se o valete está completamente escondido atrás do cinco de copas e se somente o dez de ouros, o rei de espadas e o cinco de copas aparecem.
4. Mostre o leque de cartas para sua plateia. Depois feche o leque. Inverta a mão e abra de novo as cartas, segurando-as de costas.
5. Peça a alguém para pegar o rei. Provavelmente vão pegar a do meio pensando se tratar do rei. Mas, não será o rei, e sim o valete.

COMO SOBREVIVER NO ESPAÇO

Se você for muito rico, pode viajar num feriado para o espaço. A outra forma de ir para lá é se tornar um astronauta, e um astronauta deve ser o melhor em tudo.

Você tem que vestir uma roupa especial enquanto trabalha no ônibus espacial, mas na estação pode usar roupa normal. Você ficará a bordo da estação espacial cuidando de plantas, fazendo cristais e realizando experimentos a quase zero de gravidade.

Frequentemente você vai precisar realizar exercícios para minimizar a perda óssea e de massa muscular causada pela falta de gravidade. Você terá equipamento de ginástica à disposição. Durante o tempo livre, pode mandar e-mails para casa, jogar cartas com os colegas astronautas e admirar a vista da Terra.

Você fará as refeições na nave. Os alimentos são acondicionados em contêineres presos em uma bandeja, que por sua vez estará afixada ou a você, ou a uma parede (senão, sua refeição flutuará). Entretanto, as refeições não vêm em comprimidos, elas são tão apetitosas como as de casa.

Você dormirá em abrigo de dormir tipo beliche ou, se não houver muito espaço, em sacos de dormir. Estes, claro, têm de ficar presos à parede, ou flutuarão e você acordará em outra parte da estação.

Como a bordo não há máquina de lavar, você precisa levar bastante roupa. As roupas sujas são acondicionadas em sacos plásticos, assim como o lixo.

O banheiro é bem parecido com o da Terra. Uma firme corrente de ar se move através da unidade durante o uso, levando o lixo para um contêiner especial ou para sacos plásticos. Depois os sacos plásticos são selados (parte do lixo pode retornar ao laboratório de análise na Terra).

Para se lavar, você terá uma mangueira com água limpa e outra a vácuo para sugar toda a água. Em outras palavras, você usa o aspirador em você mesmo. Você não pode tomar banho normal, pois a água circularia. Isto é muito perigoso porque pode provocar curto-circuito no equipamento elétrico.

Quanto a escovar os dentes, isso pode ser um desafio também. Você deve ter certeza de que a pasta de dentes está bem colocada na escova e evitar que a água vá embora.

Para completar sua missão, você pode ter de fazer passeios espaciais. Isto implica em vestir uma roupa espacial, que foi feita para resistir a fragmentos voadores e para proteger os astronautas de alterações drásticas de temperatura (de -85 °C à sombra até mais de 120 °C ao sol).

A roupa espacial tem ar pressurizado, uma fonte de oxigênio, um meio de remover o dióxido de carbono, uma temperatura regular, algumas proteções contra radiação e equipamento para se comunicar a qualquer momento com o controle na Terra ou na estação espacial.

Após passar por procedimentos de despressurização na câmara de vácuo, você sairá. Você ou estará ligado por uma mangueira de ar à estação espacial, ou terá uma cadeira acionada a gás, ou uma unidade que o transportará aonde quiser, melhor do que ficar à deriva sem ajuda.

COMO LER NAS FOLHAS DE CHÁ

Beba um chá de folhas em uma xícara branca e deixe um pouco do líquido (com as folhas) no fundo. Segure a xícara na mão esquerda e gire o líquido três vezes no sentido horário. Faça as folhas atingirem a borda, mas não derrame. Vire a xícara de ponta cabeça no pires, deixando o líquido sair. Após sete segundos, volte a xícara à posição vertical e segure-a de forma que a asa fique na sua direção.

Interprete os desenhos formados para prever o futuro; por exemplo, se você vir uma forma de roda, isso pode significar uma viagem de alguém.

COMO PERDER A CABEÇA

Você vai precisar de uma cadeira e uma mesa para sentar, onde deve estar seu dever de casa. Você deve usar uma camisa grande de gola com botões na frente.

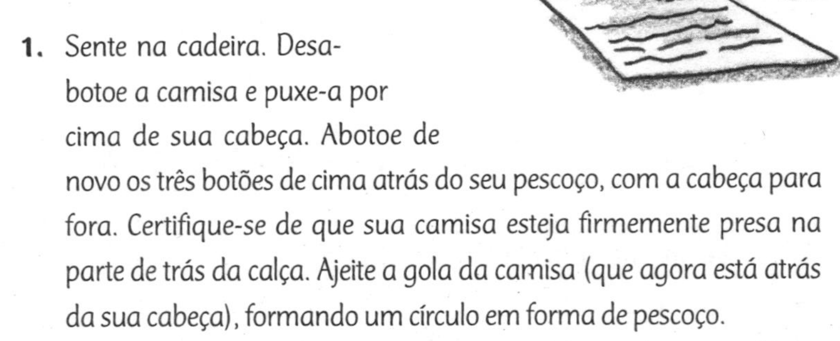

1. Sente na cadeira. Desabotoe a camisa e puxe-a por cima de sua cabeça. Abotoe de novo os três botões de cima atrás do seu pescoço, com a cabeça para fora. Certifique-se de que sua camisa esteja firmemente presa na parte de trás da calça. Ajeite a gola da camisa (que agora está atrás da sua cabeça), formando um círculo em forma de pescoço.
2. Ainda sentado na cadeira, enfie a cabeça debaixo da mesa. Com a mão livre, certifique-se de que a frente do colarinho da camisa esteja pelo menos no mesmo nível do tampo da mesa, de preferência acima dele. Verifique, também, se o colarinho ainda tem a forma de um círculo.
3. Agora coloque os ombros na borda da mesa. Pegue a caneta com uma mão, pareça ocupado e espere as pessoas entrarem e verem como o dever de casa fez você perder a cabeça.

Pense em outras vezes que você pode fazer uma aparição sem a cabeça. Isso pode ser extremamente engraçado nas refeições ou em festas de amigos.

COMO FAZER UM CÍRCULO MÁGICO

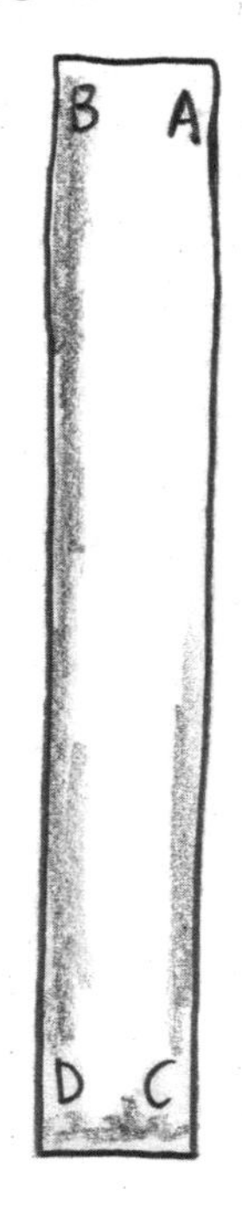

O círculo mágico, ou faixa de Möbius, assim chamada por causa de um matemático alemão que a descobriu, é um laço com só uma superfície e só uma ponta. Impossível? Bem, esse é um modo de fazer uma:

1. Corte uma tira de papel (tente manter a largura, mesmo com um retângulo longo e fino conforme mostrado aqui). Para passar o adesivo no laço da forma correta, escreva A no canto superior direito, B no superior esquerdo, C no inferior direito e D no inferior esquerdo, conforme mostrado aqui.
2. Segure as duas pontas, dê meia-volta, virando a extremidade marcada com D e C de cabeça para baixo, depois passe fita adesiva nas extremidades, A com D, B com C. Agora você tem o laço conforme mostrado abaixo.

Uma faixa de Möbius

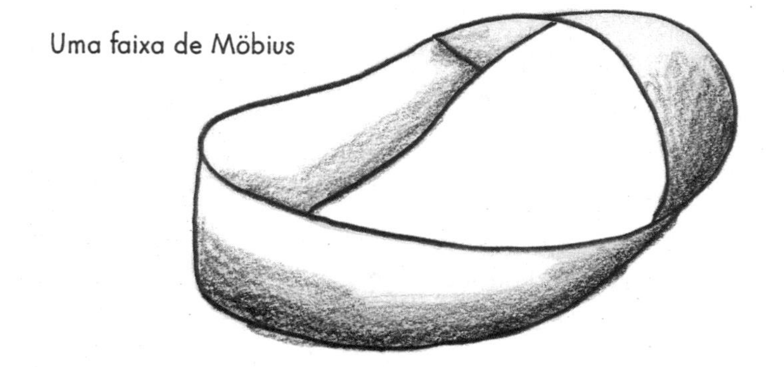

3. Agora pegue uma caneta e, a partir de qualquer ponto, desenhe uma linha ao longo do centro da faixa até que chegar ao início da linha. Você terá desenhado uma linha em ambos os lados do laço, mas sem levantar a caneta ou cruzar qualquer extremidade, o que significa que o papel só tem um lado.
4. Pegue um marcador e pinte a borda da faixa. Quando chegar ao ponto de início, você verá que ambas as bordas estão pintadas, o que significa que a faixa só tem uma borda.
5. Agora, com a tesoura, corte a faixa Möbius ao longo da linha central de caneta que você tinha desenhado antes. Ela não se separou em duas faixas separadas, como era de se esperar – em vez disso você agora tem um laço simples mais largo só com um lado!
6. Desenhe uma linha central em volta do laço resultante e corte ao meio – você pode adivinhar o que vai acontecer?

COMO SE DEFENDER DE UM CROCODILO

Crocodilos são eficientes máquinas de matar. Eles podem parecer lentos, mas se movem muito rapidamente na água e pulam repentinamente e com grande velocidade.

1. Se você estiver perto de um lago e um crocodilo surgir da água em sua direção, corra. E continue correndo por no mínimo quinze metros. Se não puder correr, tente ficar em cima das costas da criatura e segure o pescoço dela para impedi-lo de abrir as mandíbulas – crocodilos têm os músculos de abertura da mandíbula fracos, e

você pode mantê-las fechadas sem muita dificuldade. Por outro lado, os músculos de fechamento da mandíbula são incrivelmente poderosos e é quase impossível mantê-los abertos.

2. Opcionalmente, se você estiver na água e um crocodilo surgir inesperadamente, você não será capaz de nadar mais rapidamente, mas se conseguir agarrar as mandíbulas antes que ele as abra você terá a chance de mantê-las fechadas (isto pressupõe que não haja um pedaço do seu corpo entre elas). Grite por ajuda.
3. Se o crocodilo cravou as mandíbulas dele em um dos seus membros, tente pegar um galho ou qualquer coisa para usar como arma e bata repetidamente no sensível focinho dele e cutuque seus olhos (um homem realmente conseguiu fazer um crocodilo largar o braço batendo no nariz o mais forte que podia). Você poderia recuar, mas crocodilos são rápidos, e você terá que continuar lutando até se livrar. Continue gritando.
4. Como último recurso, finja-se de morto. Crocodilos derrubam suas vítimas na água para afogá-las, mas param se perceberem que estão mortas. Fuja quando ele partir.

COMO NADAR ESTILO LIVRE

Então você quer superar o nado cachorrinho? A braçada mais rápida e a que mais impressiona é o estilo livre (também chamada *crawl*).

Corpo e cabeça. O seu corpo deve estar reto e alinhado, sem que os braços e pernas fiquem salientes, e os quadris alinhados com os ombros. Mantenha o rosto na água, olhando para o fundo da piscina. Mova a cabeça somente quando precisar tomar fôlego. Enquanto nadar, tente manter todo o corpo perto da superfície da água.

Pernas. Use-as para mantê-lo para cima e em equilíbrio assim como para tomar impulso para frente. Tente dar impulsos longos e rápidos e mantenha ao longo de todo o comprimento das pernas o movimento para cima e para baixo. Dobre levemente os joelhos e chapinhe somente um pouco com os pés. Tente contar até seis rapidamente e dar impulso com as pernas alternadamente nesse tempo.

É importante manter as pernas juntas (mas não tão juntas que se movam como uma só).

Braços. Eles são sua principal fonte de energia. Estique um braço para frente da cabeça o mais longe que você puder, próximo da superfície da água, deixando seus ombros e quadris seguirem o movimento. Depois enfie a mão na água, começando pelo polegar, espirrando o mínimo possível de água. Mantenha os dedos juntos, formando uma concha rasa para ajudar a impulsionar através da água. Quando baixar o braço, dobre o cotovelo e empurre sua mão em direção a seus pés, de modo que seus dedos sigam um caminho para baixo no meio do peito e do estômago. Quando você trouxer o braço de volta para repetir a braçada, tente tirar o cotovelo da água primeiro.

Mantendo sua mão perto da superfície da água e do corpo, mova-a para frente na posição inicial, à frente da sua cabeça.

O segundo braço deve descer na sua frente enquanto o primeiro estiver subindo, seguindo o movimento deste. Com alguma prática, você entrará no ritmo das braçadas alternadas e seus quadris e ombros rolarão levemente para a esquerda ou para a direita conforme você estica a sua mão para frente.

Respiração. Seu rosto estará na água, então você deve se lembrar de virar a cabeça quando tomar fôlego. Vire o mais leve possível, deixando a cabeça na água. Um método efetivo é virar a cabeça para a esquerda e respirar quando o seu braço direito estiver esticado e trouxer a cabeça bem para a direita e respirar de novo quando você esticar o braço esquerdo.

Você deve agora ser capaz de dar impulso, puxar e respirar. Mantenha o tempo todo as pernas impulsionando o corpo e os braços, um seguido do outro. Crie o hábito de respirar regularmente, a cada duas ou três braçadas. E tente não espirrar muita água – não é legal nem profissional!

COMO ASSOBIAR COM UM PEDAÇO DE CAPIM

Procure o maior pedaço de capim que você encontrar – quanto mais alto e mais largo melhor.

Aperte os lados dos polegares, com as unhas viradas para você.

Segure o pedaço de capim entre os polegares, de forma a deslizar do começo ao fim.

Agora você verá uma tira de capim no intervalo entre as juntas e onde os polegares encontram as mãos.

Sopre no intervalo. Se no início você não ouvir um assobio, ajuste os lábios e o capim e continue tentando.

COMO SER UM VIP

Se você é muito importante, deve conhecer pessoas muito importantes. Assim, impressione seus amigos saudando algum estranho que passar na rua e pareça ter algum tipo de *status*. Muitas vezes a pessoa responderá "Olá", pensando que você é o filho de alguém que ele conhece. "Quem é?", perguntarão seus amigos. "Ah, é Fulana de Tal, uma velha amiga", ou "É o doutor Carlos. Ele me deve um favor, por isso fingiu não me ver. Vou ter que ligar novamente", ou "É o DJ Dingbat. Ele está sempre perguntando quais CDs comprar" etc. Porém, não exagere – seus amigos vão perceber. Esclareça o caso, e eles terão o maior respeito.

COMO FAZER OS TRÊS NÓS ESSENCIAIS

Diferentes nós são utilizados para diferentes fins. Esses são três nós realmente úteis que você pode usar sempre.

Nó direito. É usado para amarrar uma corda na outra, se elas forem da mesma espessura. Esse nó também é útil para amarrar bandagens, porque ele fica chato. Ao amarrar, lembre-se sempre de "esquerda sobre a direita e embaixo, direita sobre a esquerda e embaixo". Quando terminar, aperte bem o nó.

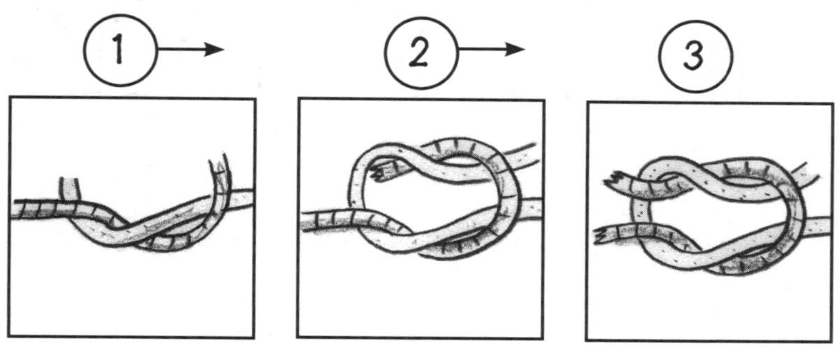

Nó de escota. Se precisar amarrar duas cordas de diferentes espessuras, você deve usar um nó de escota. Quando terminar, aperte bem o nó.

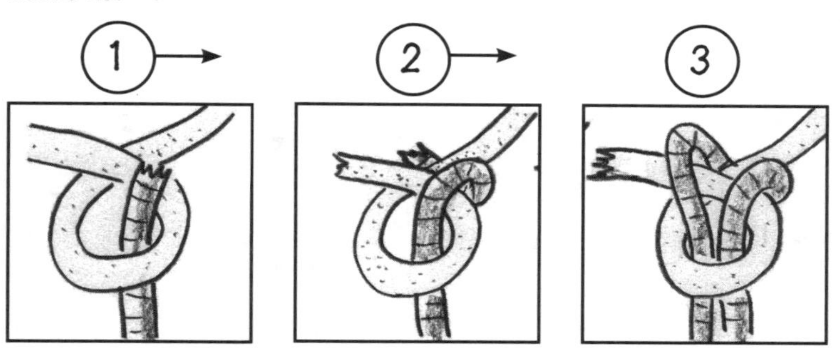

Volta da fiel. Esse nó é usado para amarrar uma corda a um objeto. Os marinheiros devem usar a volta da fiel para amarrar seus barcos ao píer.

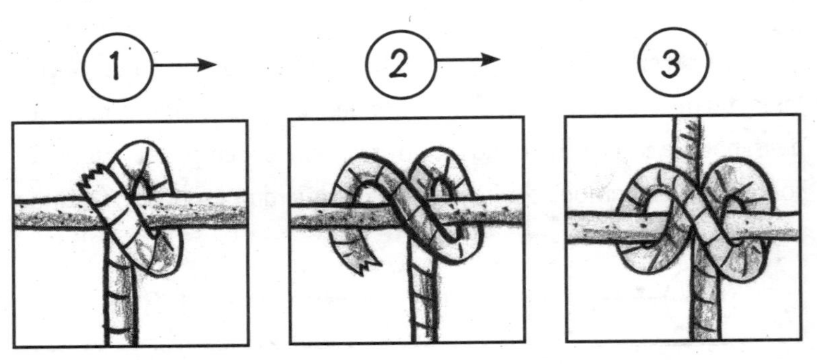

COMO EVITAR SER DEVORADO POR UM URSO-POLAR

Para fugir de um urso-polar num lugar selvagem, mantenha o acampamento limpo. Ursos podem sentir de longe o cheiro de comida e de lixo. Fique longe de carcaças de mamíferos. Nunca faça carinho num filhote de urso.

Se você tiver a infelicidade de ser abordado por um urso-polar, permaneça imóvel. Simule que você é maior pendurando uma jaqueta sobre a cabeça. Grite para o urso. Se tudo isso falhar, atire seus sanduíches para ele e fuja.

COMO CANTAR COM UM ROLO DE PAPEL HIGIÊNICO

Um *kazoo* é um dos mais simples instrumentos musicais. Para fazer um, você vai precisar de um tubo de papelão (de rolo de papel toalha, filme, papel-alumínio ou higiênico), papel vegetal, um elástico, tesoura, régua, lápis e canetas coloridas ou tinta.

1. Comece decorando o tubo (isto é opcional, mas quem quer ser visto tocando um rolo de papel higiênico?)
2. Isto feito, corte um quadrado de doze centímetros de papel vegetal.
3. Coloque o papel vegetal sobre uma extremidade do tubo e prenda-o com um elástico.
4. Emita sons com os lábios fechados ou cante na extremidade aberta. O papel vegetal vibra e simula o efeito de um sussurro que melhora o som.

COMO ASSUSTAR SUA FAMÍLIA

Sua casa parece assombrada? Pode ser, se você tiver alguma coisa a ver com isso...

Todas as manhãs, sua família desce as escadas para constatar que a mesa foi derrubada, e que uma cadeira foi puxada, e que tem uma xícara de chá no lugar, portanto alguém se sentou lá e acabou de se levantar da mesa há instantes... Mas não há ninguém lá.

As coisas se mexem. Muitas vezes sua mãe põe aquele vaso de flores perto da lareira, e quando ela entrar de novo na sala, o vaso estará de volta na mesa. E não é só isso que mexe. Móveis também parecem ter se mexido sozinhos durante a noite.

O cachorro uiva e arranha a porta nunca usada do porão (ou do quarto de hóspedes, do armário de vassouras etc.) Ninguém sabe por que – exceto você –, o brinquedo dele de roer favorito está escondido lá atrás.

À noite, quando todos estão dormindo, as luzes se acendem, encontradas de manhã por quem levantou primeiro (certifique-se de que ninguém ouve você se levantando à noite).

Uma porta em particular parece sempre abrir sozinha (aquela em que você pode amarrar um fio sem ser descoberto).

As roupas que estavam espalhadas aparecem devidamente dobradas numa pilha. Algumas roupas desaparecem de um armário para aparecer no de outra pessoa.

Algumas coisas parecem ter se mexido. As latas estão empilhadas no armário, os rótulos foram trocados, e os ovos na geladeira estão cozidos. E o chocolate e os biscoitos continuam desaparecendo!

De outra parte da casa, ouvem-se passos, música e conversa, mas não há ninguém lá (mantenha bem escondido qualquer aparelho que seja usado para registrar e reproduzir sons.)

COMO FAZER UMA ESPADA DE BEXIGA

1. Pegue uma bexiga comprida e brilhante, e a encha até o fim.
2. Deixe sair um pouco de ar e amarre a ponta da bexiga com um nó.
3. Torça o balão a uns dez centímetros abaixo do nó e segure. Este será o punho. Não largue, senão voltará.

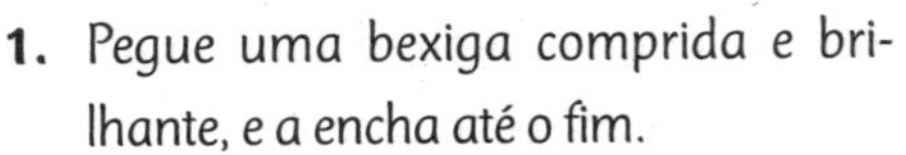

4. Torça mais duas vezes a cerca de oito centímetros da primeira torção. Isto irá formar metade da parte cruzada da espada.

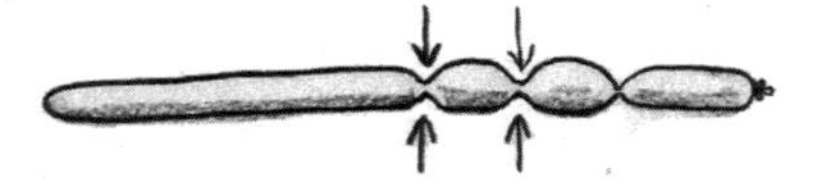

5. Enrole a primeira e a última partes ao mesmo tempo.
6. Se girar isso com o punho, você pode soltá-lo.

7. Faça mais duas bolas de oito centímetros para a segunda parte do punho, como antes.

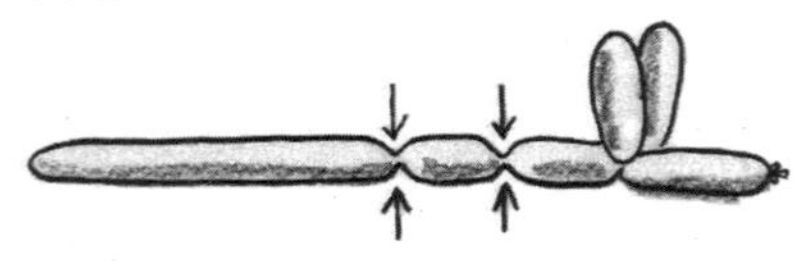

8. Dê o último giro em volta do primeiro para firmar o punho no lugar.
9. Faça os ajustes que precisar e endireite a espada.

COMO ENGANAR SEUS AMIGOS COM PALITOS

Enlouqueça seus amigos com esse simples, mas intrigante, truque.

1. Observe atentamente para esse diagrama. Disponha, em forma de cruz, quatro palitos com uma das pontas quadradas.
2. Peça a seus amigos para fazerem um quadrado movendo somente um palito. Realmente eles terão dificuldade.

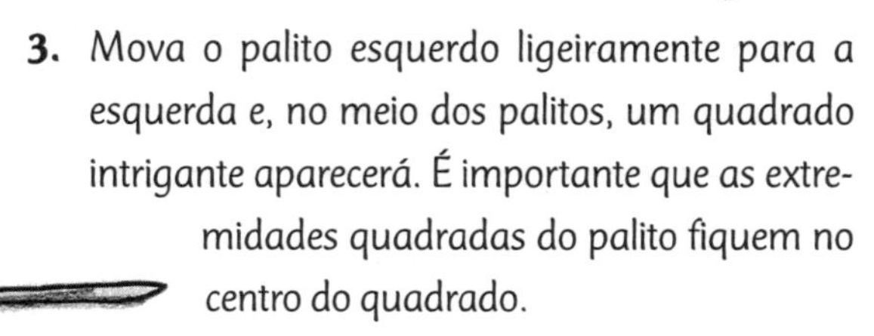

3. Mova o palito esquerdo ligeiramente para a esquerda e, no meio dos palitos, um quadrado intrigante aparecerá. É importante que as extremidades quadradas do palito fiquem no centro do quadrado.

COMO COMER EM UM RESTAURANTE CHIQUE

FAÇA

Colocar seu guardanapo sobre os joelhos.

Começar com os talheres externos e fazer o que for preciso com cada prato.

Ao terminar de comer o que tem na boca e limpe-a com o guardanapo antes de tomar um pouco de água.

Dizer "com licença" se precisar sair da mesa.

NÃO FAÇA

Apoiar os cotovelos na mesa.

Comer batata frita com a mão.

Falar de boca cheia.

Gritar com o garçom.

Dizer "argh" se você não gosta de alguma coisa.

COMO SACAR COMO UM CAMPEÃO DE WIMBLEDON

Você tem controle total da jogada visto que ela começa com você. Acalme-se e leve o tempo que for preciso para se posicionar. Lembre-se sempre: equilíbrio, *timing* e ritmo.

1. Segure a raquete, espalhando os dedos em volta do punho sem apertar muito. Mantenha o braço relaxado. Pegue a bola com a outra mão.
2. Fique de frente para a rede, aponte a raquete para onde você quer que a bola vá e use a sua mão de arremesso (a esquerda, se você for destro) para apoiar levemente a bola.
3. Erga as mãos ligeiramente juntas, depois desça-as também juntas. Quando fizer isso, comece a girar o corpo para que você fique de lado para a quadra. Ao mesmo tempo, transfira o peso do pé da frente para o de trás. Tente fazer essa sequência de movimentos de forma suave e coordenada.
4. Erga o braço que está arremessando (esquerda se você for destro) para soltar a bola acima da cabeça. Uma altura boa para arremessar a bola é cerca de quinze centímetros acima do seu alcance normal. Mantenha o braço reto para atirar a bola corretamente e não a jogue cedo demais – pule a um ângulo em direção à rede e se incline para frente na hora de bater.

5. Enquanto a bola estiver no ar, você precisa deslizar a raquete para trás e para cima, deixando-a pronta para bater na bola. Essa é a parte mais difícil da ação, porque ao mesmo tempo que coordena os braços, você também precisa transferir o peso do pé de trás para o da frente.
6. Enquanto a bola chega ao topo do arremesso, direcione a raquete para ela em um movimento veloz. Aponte para bater na bola com toda força, esticando o braço que estiver segurando a raquete, no ponto mais alto que você puder alcançar. Quanto mais alto você faz contato, mais potência você pode gerar e mais forte e mais rápido a bola irá.
7. Complete o movimento do seu corpo, depois olhe para recuperar rapidamente, pronto para a próxima jogada.

COMO PARAR DE SOLUÇAR

- Coma uma colher de chá de açúcar,
- ou beba um copo de água de uma vez,
- ou coma devagar um pedaço de pão seco,
- ou gargareje com água,
- ou beba água do lado mais afastado da borda do copo ou "ao contrário" como algumas pessoas chamam,
- ou segure a respiração e conte até dez,
- ou tente tudo isso de uma vez – provavelmente você se sentirá tão mal e confuso que até esquecerá os soluços.

COMO MUMIFICAR UM EGÍPCIO DOS TEMPOS ANTIGOS

Você é um egípcio dos tempos antigos que trabalha como embalsamador. A família de uma rica nobre que morreu recentemente o procura. Eles desejam preservar o corpo dela para ter certeza de que sua alma terá um lugar para residir durante a vida após a morte.

1. Primeiro, usando ganchos e colheres especiais feitos sob encomenda, retire o cérebro pelo nariz. Isto é muito complicado, pois você terá que ser muito cuidadoso para não desfigurar o rosto.
2. Depois tire os órgãos internos (pulmões, fígado, estômago, intestinos etc.) através de um corte feito do lado esquerdo da barriga. O coração, contudo, deixe onde está.
3. Seus auxiliares então devem lavar o corpo com vinho de palma e especiarias.
4. Depois disso, cubra o corpo, passando tanto no interior como no exterior (especialmente em volta do coração) um pouco de sódio, um sal mineral encontrado em leitos de lagoa. Deixe o sódio aí por quarenta dias para absorver toda a umidade do corpo. Faça a mesma coisa com os órgãos removidos. Normalmente eles eram guardados em "canopos" e enterrados com a múmia; você, contudo, deve adotar a nova prática de preservá-los, enrolando-os e colocando-os de novo dentro do corpo.

5. Após quarenta dias, o corpo deverá ser completamente dissecado e parecerá murcho e enrugado. Limpe o sódio e esfregue óleos na pele para amaciá-la. Passe no corpo bastante ervas de cheiro forte, especiarias, barro, serragem, panos e outros pedaços de linho para impedir que o corpo afunde ou perca a forma. Isso feito, retire os olhos e substitua-os por olhos falsos.
6. A fase de enrolar pode levar alguns dias, pois existem vinte camadas de tiras de linho – centenas de metros – para envolver o corpo. Enquanto enrola as bandagens em volta da múmia, coloque entre as tiras de linho vários amuletos feitos de pedras e metais preciosos. Em algumas bandagens, escreva orações e palavras mágicas. Use cola de resina para manter as bandagens no lugar.
7. Como a cliente atual é de família nobre, solicitaram que você colocasse uma máscara banhada de ouro sobre a cabeça quase que toda coberta de bandagens (confira se o fabricante de máscaras reproduziu com certa semelhança a nobre morta antes que você cubra a cabeça). Então, você percebe e aprova que ele fez os olhos maiores e o nariz menor do que eram em vida – ela pode ser ainda mais bonita após a morte do que na vida que deixou.
8. Seu trabalho está feito. Então você leva a múmia para os artesões especialistas que estão trabalhando no esquife e na tumba.

COMO RASGAR UMA LISTA TELEFÔNICA AO MEIO

1. Com a lombada do livro virada para você, posicione as mãos na parte de cima do livro e segure-o com os dedos mínimo e anelar. Dobre o livro em forma de U pressionando com os polegares.

2. Agora segure firmemente o livro com todos os dedos e, mantendo a forma de U, dobre-o para o outro lado, fazendo as páginas tomarem a forma de um V.

3. Conforme você dobra as bordas do livro para baixo, as páginas começarão a se dividir.

4. Empurre com uma de suas mãos e puxe com a outra para rasgar o livro ao meio.

COMO JOGAR PAUZINHOS (*POOHSTICKS**)

1. Encontre pelo menos uma pessoa com quem competir.
2. Junte alguns pauzinhos de todas as formas e tamanhos.
3. Vá até uma pequena passarela sobre um rio.
4. Escolha um pauzinho e compare-o com o que pertence ao outro competidor para ser capaz de distingui-lo.
5. Fique lado a lado com o adversário de frente para a corrente.
6. Discretamente verifique as correntes rápidas ou lentas, as áreas entulhadas e coisas encalhadas.
7. Contem até três e joguem os pauzinhos na água.
8. Rapidamente, vá para o outro lado da ponte e aguarde os pauzinhos aparecerem.
9. O dono do primeiro pauzinho que surgir flutuando por debaixo da ponte é o vencedor.

---

* Brincadeira mencionada no livro *The House at Pooh Corner* por Winnie-the-Pooh e seus amigos.

COMO VENCER JOGOS DE COMPUTADOR

É uma boa ideia ler o manual de instruções e/ou jogar o tutorial e prestar atenção em tudo o que acontece nele. Essas coisas existem para ajudá-lo.

Em jogos de tiro:

- De preferência, seja um franco-atirador (ou seja, atire de longa distância com armas poderosas e de precisão).
- Mire os tiros na cabeça.
- Ande em zigue-zague e se mantenha escondido para evitar que você mesmo seja vítima de um franco-atirador.
- Lembre-se de recarregar sua munição durante os momentos sossegados, de preferência escondido.
- Use armas apropriadas – por exemplo, para assaltos você vai precisar de armamento automático e de pentes para balas grandes.
- Seja cuidadoso para não desperdiçar munição, use muitos projéteis somente quando você estiver rodeado de inimigos.

Em jogos de dirigir: breque durante as curvas, e aprenda a usar o freio de mão.

Em todos os jogos: se você souber que está fazendo a coisa certa e a única possível, mas aparentemente não está indo a lugar nenhum, siga em frente. Pode ser parte do jogo ter que fazer algumas tentativas antes de acertar.

Fique sempre esperto durante todo o jogo – tome cuidado com qualquer coisa que tenha mudado ou qualquer objeto que você não se lembra de ter visto da última vez que passou por aquele lugar.

Junte qualquer coisa que você pode pegar – até mesmo coisas improváveis poderão ser úteis.

Se estiver jogando contra um ou mais jogadores na mesma sala, fique de olho no(s) seu(s) oponente(s). Siga as dicas do que eles estão fazendo. E nem pense em se distrair, seja por coisas externas ou pelos comentários dos seus adversários.

Falar mal de seus oponentes muitas vezes os tira do jogo, aumentando sua chance de ganhar: "Aquelas árvores/pedras/morros pareciam realmente perigosos – sorte que você conseguiu em tempo"; "Você tem que esperar as esquinas"; "Puxa vida, não percebi que você era um iniciante" etc.

Os seguintes "conselhos" podem deixá-los de fora do jogo: "Cuidado: olhe atrás de você"; "Ah, se eu fosse você não faria isso"; "Olhe, você está vendo aquela pedra ali? Tarde demais... Que azar".

COMO VER ATRAVÉS DA MÃO

1. Pegue um tubo de papelão (de um rolo de papel toalha ou higiênico) e olhe através dele com o olho direito.
2. Coloque a ponta da mão esquerda sobre a extremidade do tubo com a palma da mão virada para você.
3. Com ambos os olhos abertos, fixe o ponto onde o tubo e a ponta da sua mão se encontram e você verá um buraco na sua mão.

COMO ESCREVER UM POEMA RAPIDAMENTE

Um tema de dever de casa que normalmente provoca resmungos começa com as palavras "escreva um poema sobre...". Se o tema é chato, é ainda mais difícil ser criativo, mas aqui vai um jeito rápido e infalível de impressionar seus professores e ser invejado pelos amigos.

1. Na primeira linha, escreva o assunto (digamos que lhe falaram para escrever sobre uma tempestade): "Tempestade".
2. Na segunda linha, escreva duas palavras descritivas que vêm à sua cabeça quando você pensa em tempestades: "Escuro, zangado".
3. Na terceira linha, escreva três verbos (palavras de ação) relacionados a uma tempestade: "Sopra, uiva, bate".
4. Na quarta linha, escreva um pensamento que lhe vier à mente: "Nunca vai acabar".
5. Na quinta linha, escreva uma outra frase descrevendo o assunto (isto é, tempestade): "A ira da natureza".

Tempestade	OU	Eu
Escuro, zangado		Modesto, mas maravilhoso,
Sopra, uiva, bate		Posso, sei e faço.
Nunca vai acabar		O melhor em tudo
a ira da natureza?		Esse sou eu!

Em breve, você fará muito melhor do que isso. E então, se quiser, pode aperfeiçoar sua nova habilidade – faça rimas ou acrescente mais linhas se quiser. Em breve, seus amigos vão pedir ajuda para você escrever mensagens em cartões de parabéns.

COMO SAIR DE AREIA MOVEDIÇA

Faça o que fizer, não pense nesses filmes em que o personagem é sugado aos poucos enquanto se debate e grita nas profundezas da areia movediça e depois desaparece da vista com um leve ruído seco. Lembre-se, em vez disso, você pode flutuar em areia movediça – de fato é bem mais fácil flutuar em areia movediça do que em água.

1. A pior coisa a fazer é girar violentamente e mover os braços e as pernas na mistura – você só irá acelerar a descida na areia movediça.
2. Se você está indo para uma área onde acha que pode haver areia movediça, inclusive barrancos, praias e pântanos, carregue uma vara forte. Se você estiver afundando em areia movediça, jogue a vara na superfície e cuidadosamente passe-a para suas costas. O peso do seu corpo se espalhará pela vara e será mais fácil flutuar. Se você não tiver uma vara, vire de costas e lentamente estique os braços e as pernas para aumentar sua área de superfície.

3. Uma vez flutuando, mova-se muito lentamente e cuidadosamente usando os braços e vá se deslocando para terra firme.

COMO FAZER UMA JANGADA SIMPLES

Você vai precisar de quatro varetas de madeira retas, com cerca de um metro e oitenta centímetros de comprimento e entre oito e dez centímetros de espessura; três varetas menores de madeira da mesma espessura, mas com cerca de um metro e vinte de comprimento; cordão de náilon com pelo menos sessenta e um metros e cinco milímetros de espessura; pelo menos doze resistentes frascos de plástico retangulares vazios com capacidade de cinco litros (as tampas devem estar bem apertadas); quaisquer pranchas ou placas, com no mínimo um metro e oitenta centímetros de comprimento, que você encontrar por aí; pregos, martelo, chave de fenda e tesoura ou uma faca.

1. Posicione, em ângulo reto, a extremidade de uma vareta menor sobre a extremidade de uma maior e as amarre com cordão de náilon. Junte a outra ponta da vareta menor com a da outra maior e amarre; depois enlace as extremidades livres das varetas maiores debaixo de cada extremidade da segunda menor – criando uma estrutura retangular.

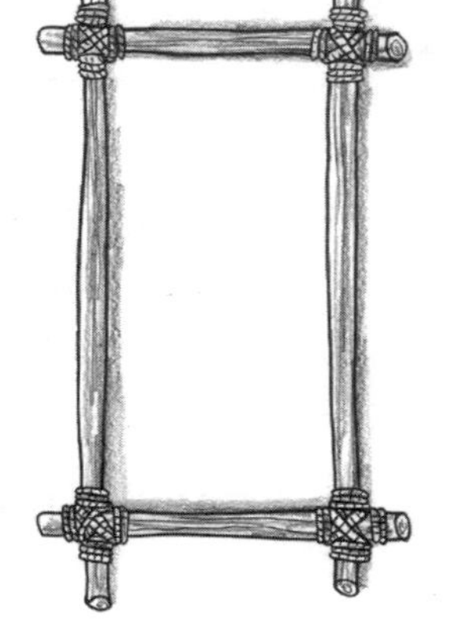

2. Amarre cada extremidade da terceira vareta menor através e sobre o meio das duas maiores; depois amarre a terceira e a quarta varetas mais longas debaixo do meio das três varetas menores cruzadas – a distância entre essas duas varetas longas deverá ser mais larga do que o lado mais

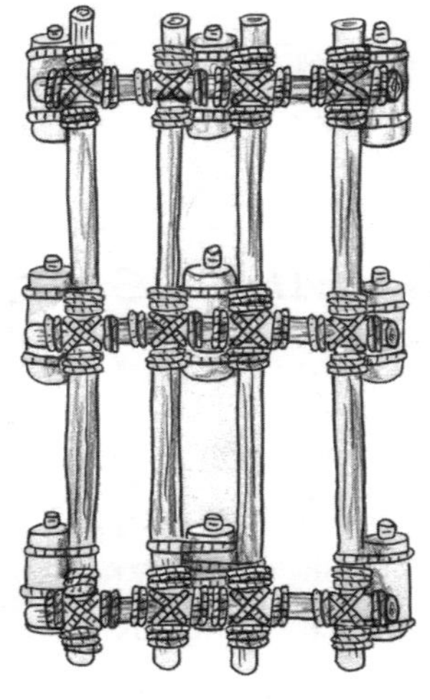

estreito de um dos frascos vazios. Você agora deve ter um retângulo formado por quatro varetas longas cruzadas com três menores dispostas por cima.

3. Agora amarre três frascos de cinco litros vazios deixando intervalos iguais do lado externo de uma das varetas longas do lado de fora com as tampas voltadas para a popa (retaguarda) da jangada. Repita esse procedimento ao longo da parte externa da outra vareta longa do lado de fora e depois entre as duas varetas longas do centro.
4. Lance a jangada em água rasa e teste a flutuabilidade – o ideal é que o nível do convés esteja quinze centímetros acima da superfície da água quando uma pessoa estiver sentada na jangada. Se necessário, amarre mais frascos às varetas longas (você pode colocar seis ao longo de cada vareta) até você atingir o grau certo de flutuabilidade. Mas não se esqueça de que você irá adicionar mais peso quando fixar o convés, o que fará a jangada ficar mais baixa na água.
5. Agora fixe as placas ou pranchas às três varetas cruzadas menores – você pode amarrá-las, pregá-las ou parafusá-las. É possível que sobrem espaços vazios entre as placas do convés – de fato, quanto mais leve for a jangada, mais ela flutuará. As placas do convés não precisam estar em contato umas com as outras.
6. Relance a jangada e pule em cima.

Um nó útil para fixar a jangada é a amarração reta. Descubra como fazê-lo na internet.

COMO FAZER UM FEDOR

De uma forma que não seja a mais óbvia, isto é...

Embora você possa comprar bombas tradicionais de mau cheiro, é possível fazer facilmente algo que cheira tão mal quanto e é muito mais barato.

Você vai precisar de um ovo, um pouco de leite, meia colher de chá de açúcar e um recipiente de plástico ou uma lata com tampa que possa ser bem fechada. Se for de plástico, é melhor que seja flexível, do contrário ele pode rachar com a pressão do gás nocivo.

1. Quebre o ovo no recipiente, adicione o leite e o açúcar e feche bem. Coloque-o em um lugar quente, de preferência ao ar livre – em algum lugar onde pegue bastante sol. Se tiver que ser dentro de casa, esconda-o perto de um aquecedor.
2. Depois de duas semanas, use um instrumento adequado para fazer cerca de vinte furos na tampa do recipiente.
3. Agora descubra um bom lugar para esconder sua criação. Em breve, um maravilhoso fedor soprará, e você poderá se divertir com a cara de todo mundo procurando a origem do cheiro insuportável.

Superdica – É melhor evitar jogar bombas de fedor na escola. Seus professores não se impressionarão com o fato de você ser o melhor nisso.

COMO ASSOBIAR COM AS MÃOS

1. Use as mãos para formar uma cavidade com somente uma entrada, a fenda entre os polegares. Existem duas formas de fazer esta cavidade:

   a) Entrelace os dedos de uma mão (A) sobre a outra entre o polegar e o dedo indicador, e ponha os outros dedos (B) sobre a parte externa da mão A. O polegar da mão A deve ficar levemente sobre a mão B. Agora ajuste as mãos para formar uma cavidade entre elas, com as duas extremidades de fora uma contra a outra. Verifique se não há espaços vazios entre as extremidades das mãos ou entre os dedos e deixe as extremidades dos pulsos apertadas uma contra a outra.

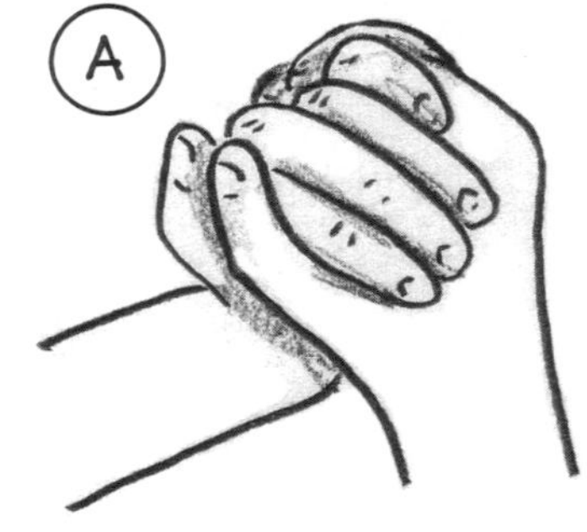

   b) Em vez de juntar as mãos, aperte os dedos bem forte para que não haja espaços livres para o ar sair. Confira se as extremidades dos pulsos estão bem pressionadas e afaste as palmas das mãos, formando uma cavidade.

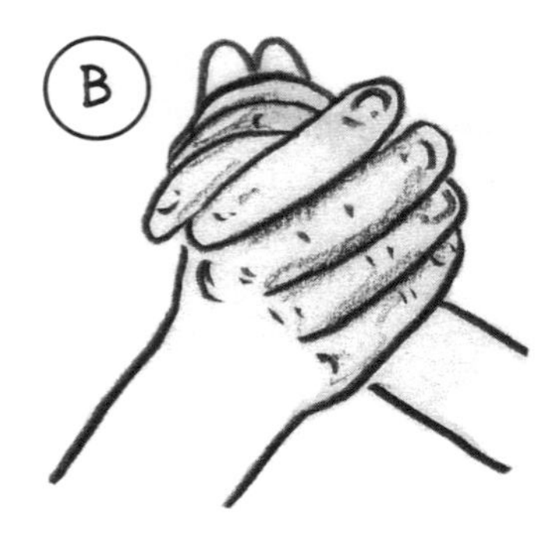

2. Independentemente do tipo de cavidade, relaxe os polegares para que eles estejam levemente do-

brados, com o lado das unhas se tocando. Alinhe a parte superior dos polegares com a inferior do indicador. Você agora terá uma fenda – mais larga no meio do que em cima ou embaixo – entre os polegares.

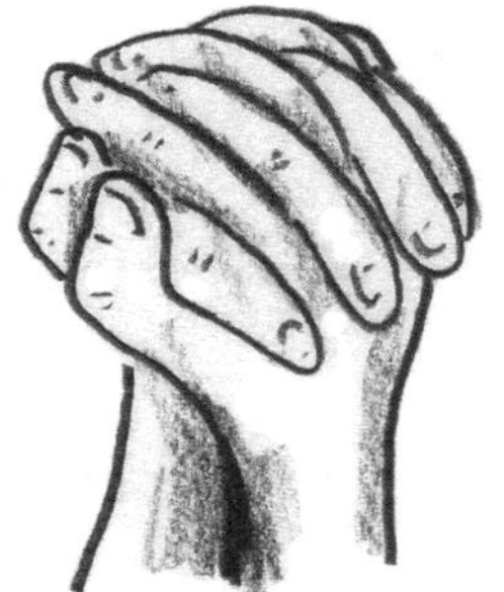

3. Posicione os lábios nas juntas do polegar, deixando o superior na base da unha do polegar e o inferior exatamente abaixo das juntas. Tome muito cuidado para não fechar a passagem do ar com o lábio inferior – o ar que você vai soprar na cavidade precisa sair.
4. Sopre firmemente – mas não muito forte – através das juntas. Se você tiver sorte, ouvirá um ruído estridente, quase um assobio; se não tiver tanta sorte, ouvirá somente um som de sopro.
5. Ajuste seus dedos cuidadosamente, mantenha a cavidade bem fechada e verifique se o ar soprado na parte superior da passagem de ar sai na inferior (provavelmente você sentirá). Estar com as mãos úmidas ou mesmo molhadas pode ajudar.
6. Continue tentando. Mais cedo ou mais tarde, você soltará um bom assovio e, à medida que for praticando, isso será mais fácil e o som ficará mais nítido. Então você poderá variar a nota, tentando soprar com mais ou menos firmeza, dobrando ou flexionando os dedos e polegares, apertando as mãos etc.

COMO FALAR EM CÓDIGO

Fale a língua do P: acrescente um P antes de cada sílaba.
Exemplo: Pe-eu pe-sou pe-o pe-me-pe-lhor.

COMO FAZER UM CACHORRO DE BEXIGA

1. Sopre uma bexiga longa e fina deixando três centímetros vazios no final.
2. Amarre um nó no final da bexiga.
3. Faça uma volta na bexiga a cerca de cinco centímetros do nó.

4. Faça mais quatro voltas, separadas por cerca de dois centímetros e meio uma da outra. Não deixe a bexiga voar.

5. Gire ao mesmo tempo as duas partes menores. Estas serão as orelhas. Você verá que já fez a cabeça do cachorro.

6. Dê mais três voltas de cinco centímetros de distância uma da outra e gire estas partes ao mesmo tempo. Elas serão o pescoço e as duas pernas dianteiras.

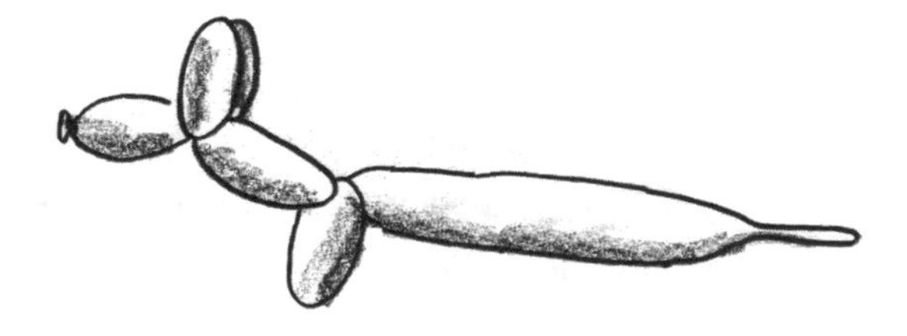

7. Agora, faça mais três voltas, uma para o corpo do cachorro e mais duas a cinco centímetros de distância para as pernas traseiras.
8. Dobre e torça os dois pedaços menores ao mesmo tempo e gire as pernas para baixo. Se desejar, use uma caneta hidrográfica para desenhar os olhos e a boca.

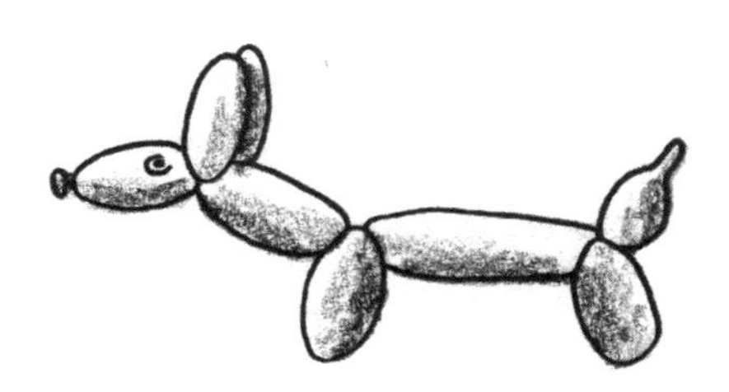

COMO FAZER UMA FOGUEIRA DE ACAMPAMENTO

Você nunca sabe quando vai precisar se aquecer ao ar livre, então é essencial saber como acender uma fogueira em segurança e com sucesso.

1. Certifique-se de que você tem permissão do dono da terra. Escolha um lugar adequado – longe de qualquer coisa que possa pegar fogo, especialmente árvores, arbustos e construções. Tenha certeza de que seus pertences não estão no meio do caminho e retire as pedras da área, pois elas podem ficar muito quentes, rachar e explodir. É bom ter por perto um balde com água ou areia (ou terra) caso o fogo fique muito forte.
2. Se no lugar escolhido tiver muita grama, corte em volta e embaixo um quadrado de um metro. Retire-a e deixe de lado e jogue um pouco de água. A grama deve ficar fresca até que você a substitua depois de apagar a fogueira. Faça a fogueira no espaço de onde você retirou a grama.
3. Você irá precisar de três tipos de material inflamável: estopim, gravetos e combustível. Estopim é um material facilmente inflamável – como pedaços de casca de árvore, grama seca ou agulhas de pinheiro secas. Junte o suficiente para encher um balde pela metade. Gravetos são galhos finos, secos e cortados – não mais espessos do que um lápis. Junte o suficiente para encher o balde.
4. Para o combustível, você irá precisar de lenha – toras secas e mais espessas que os gravetos. Comece enchendo o balde – você pode juntar mais combustível conforme for necessário. Confira se o combustível não está nem verde, nem úmido, pois isso provocará fumaça.

5. Amontoe o estopim, depois coloque os gravetos sobre ele, construindo uma estrutura triangular como uma oca; em cima disso coloque lenha, também encostadas e inclinadas. Muito combustível sufocará o fogo – deve haver bastante espaço com ar debaixo dos gravetos e do combustível.

6. Acenda o estopim. Se pegar fogo, os gravetos também pegarão, assim como a lenha, quando queimar mais forte.
7. Em breve, você terá uma ótima fogueira. Mas fique de olho – o fogo é traiçoeiro. E quando terminar, certifique-se de que o apagou completamente – nem sequer uma brasa deve ficar acesa. Espalhe as cinzas e jogue água em cima só para garantir. Recoloque a grama que você retirou.

COMO SE TORNAR UM SANTO CATÓLICO

1. Morra. Na Igreja Católica Romana, normalmente você não pode se tornar um santo em menos de menos cinco anos a partir da sua morte.
2. Os bispos locais devem investigar sua vida e enviar os achados para o papa.
3. O papa proclama que você é uma pessoa virtuosa que serve de exemplo.
4. Você deve ter feito dois milagres confirmáveis (oficialmente, um milagre não deve envolver trapaça nem transcender as leis da natureza).

COMO DAR NÓ EM GRAVATA

Levante o colarinho da camisa e coloque a gravata em volta do pescoço, deixando as duas pontas penduradas para frente. A mais larga deve ficar uns trinta centímetros menor que a fina.

1. Cruze a ponta maior sobre a menor perto do colarinho, depois passe por baixo da ponta fina.

2. Traga a ponta larga sobre a fina novamente e de novo passe por baixo. Empurre para cima pelo verso do nó em forma de um V formado parcialmente.

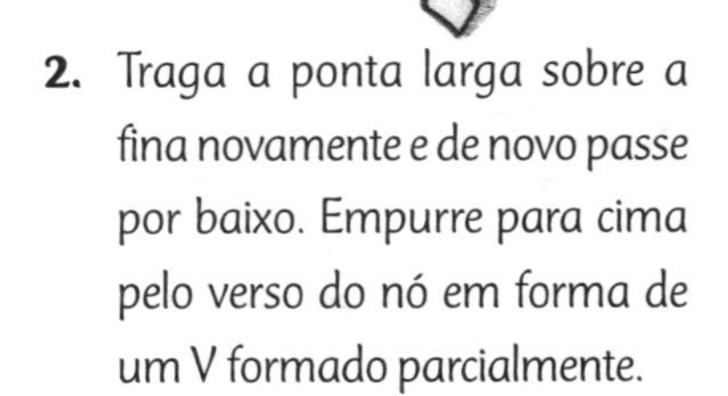

3. Passe a ponta larga por dentro do V para frente (isto é, longe de você) e para baixo através do laço do nó na parte da frente.

4. Segure a ponta fina e deslize o nó para cima em direção ao pescoço. Segure o nó e com a outra mão puxe as duas pontas da gravata até que o nó esteja apertado.

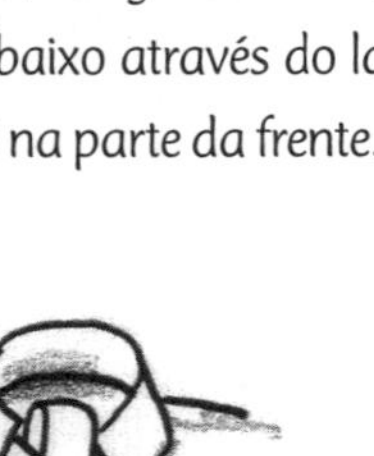

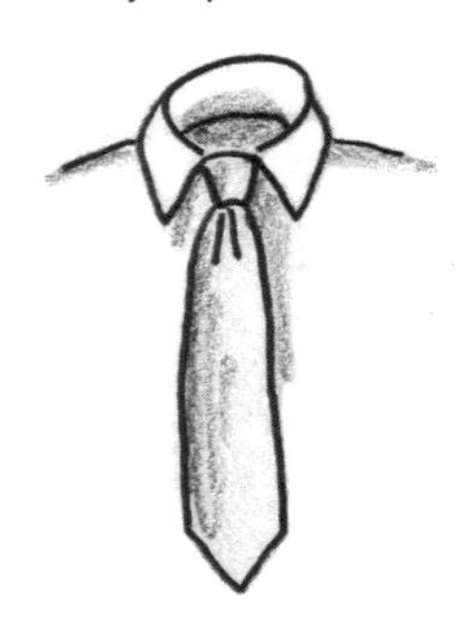

COMO PERTURBAR SEUS IRMÃOS

Com esses truques, seus irmãos ficarão tão perturbados que eles se irritarão só de ver você na sala. Mas cuidado com as consequências – não faça nada a não ser que você esteja preparado para a guerra.

Ande à toa enquanto seu irmão, ou sua irmã, estiver deitado na frente da TV e, quando ouvir seus pais chegando, finja que está limpando a sala – você receberá elogios de seus pais enquanto seu irmão levará uma bronca pela preguiça. Para se divertir um pouco enquanto espera seus pais o verem trabalhando tão duro, encontre quantas desculpas puder para passar bem devagar na frente da tela da TV e tampar a visão do seu irmão ou da sua irmã.

Dê um nó na perna do pijama do seu irmão. Faça isso em noites aleatórias, quando ele menos esperar, para sempre cair com um tropeço.

Se seu irmão ou sua irmã tem o tradicional "dois lençóis e uma colcha ou manta na cama", faça uma cama "torta de maçã" (não se esqueça de estar por perto para vê-lo entrar na cama). Para isto, tire a colcha ou manta, dobre a ponta da cabeça do lençol de cima na cabeceira da cama e cubra com o travesseiro. Depois desdobre a ponta de baixo do lençol de cima e dobre para cima para que suba também, de preferência ligeiramente sobre os travesseiros. Arrume todas as pregas e cubra com a colcha para que pareça exatamente como estava antes.

Se seu irmão ou sua irmã namora, é bom não perder a oportunidade: deixe fotos constrangedoras deles espalhadas pela

casa; na hora do jantar, puxe o assunto das muitas competições de pum entre vocês; se tiver uma extensão telefônica, faça sons de arroto na linha quando eles estiverem conversando.

Quando seu irmão ou sua irmã estiver pronto para sair, faça algo muito importante faltar. Após dez minutos de uma procura exaustiva, você "encontrará"; na primeira vez vão agradecer muito, mas seu irmão ou sua irmã em breve perceberá e ficará muito aborrecido.

Pegue o guia de TV e procure algo que passe bem na hora da novela que sua irmã vê toda a noite e então diga a seus pais que você precisa assistir a esse programa para a escola. Aja como se estivesse totalmente entediado pelo programa sempre que seus pais entrarem na sala.

Quando vocês fizerem lição de casa juntos, reclame que precisa de tudo o que eles estiverem usando: a calculadora, a régua etc. Enquanto você espera para "usar" esses itens, tamborile na mesa ou sussurre para você mesmo. Quando eles finalmente deixarem de lado o item, descubra alguma coisa fora de propósito para fazer com isso – use a calculadora para escrever a palavra "Shell" de ponta cabeça (77345) e a régua para sublinhar seu nome no caderno.

COMO CONVERTER UM PÊNALTI

Você deve considerar três coisas: o goleiro, como você chuta a bola, e onde você manda a bola.

Goleiro – O principal objetivo do goleiro é distrair e confundir você. Verifique a posição dele, mas não lhe dê mais atenção que isso. Se você olhar o goleiro, ele já estará levando vantagem. O segundo objetivo dele é defender o pênalti, prevendo para que lado você vai chutar a bola e esperando para pular e pegá-la.

Bola – Há duas técnicas principais para chutar a bola. Uma é bater nela com força com o peito do pé – a vantagem dessa é o chute poderoso; a desvantagem é que há mais risco de a bola sair do alvo ou passar reto sobre a trave. A segunda técnica é chutar a bola com a lateral do pé, com menos potência, porém mais exatidão.

Alvo – Antes de chutar, escolha o lugar para onde você deseja direcionar a bola, mas não olhe para lá, pois você corre o risco de revelar a direção para o goleiro. Você deve tentar enganar o goleiro aproximando-se da bola como se você fosse chutar em uma direção, mas depois mandar a bola para o outro lado, ou correr para ela como se você fosse chutar com força com o peito do pé, mas em vez disso usar a lateral dele para direcionar a bola à direita ou à esquerda. O melhor é mirar alto e de preferência para a esquerda ou para a direita, pois um chute baixo no centro é mais fácil de ser definido.

COMO HIPNOTIZAR UMA GALINHA

Tome cuidado para não deixar nenhuma galinha ferida, nem mesmo sua dignidade (a menos que você peça para andar em círculos como humana quando ela estiver em transe). Essa é uma das várias formas de levar uma galinha ao torpor – mas seja sempre cuidadoso e tranquilo.

1. Deite uma galinha de lado em cima da mesa, deixando-a com uma asa debaixo do corpo. Segure-a delicadamente com a cabeça reta na superfície.
2. Com um dedo da sua mão livre, trace, repetidamente, uma linha reta de cerca de trinta centímetros de comprimento na frente dos olhos da ave – a partir do seu bico e ao longo da mesa. Se preferir, pegue um pedaço de giz (de cor que contraste com a superfície) e desenhe uma linha de trinta centímetros partindo do bico na frente da ave. Segure a galinha e a deixe imóvel por alguns instantes olhando fixamente para a linha.

Em breve, ela entrará em transe hipnótico e poderá permanecer nesse estado de transe por segundos ou horas. Mas qualquer movimento ou ruído repentino, como um som agudo, trará a ave de volta.

COMO CUIDAR DE PICADAS DE INSETOS

Você descobre se uma pessoa é alérgica se após uma picada ela tiver dificuldade em respirar, se o pulso acelerar, se tiver um colapso ou se áreas do corpo longe da picada incharem. Se você perceber alguns desses sinais, chame imediatamente uma ambulância, mas pergunte à pessoa se há alguma medicação com ela (algumas carregam adrenalina pronta para ser aplicada). Do mesmo modo, se a picada for grande ou na boca ou nos olhos, chame imediatamente a ambulância.

Caso não for alérgica, quando uma pessoa é picada, sentirá somente uma dorzinha, e um possível desconforto que pode ser suavizado pressionando algo frio na área afetada, como um cubo de gelo.

Picadas de abelha. Puxe cuidadosamente o ferrão com uma pinça segurando-a o mais próximo possível da pele. Para suavizar a dor, passe uma solução de bicarbonato de sódio na mancha da ferida. Xixi fresco também ajuda... Eca!

Picadas de vespa. As vespas não deixam o ferrão. É só passar vinagre na área, o que reduzirá a dor.

Picadas de água-viva. Essas são dolorosas, mas normalmente inofensivas (a perigosa é a água-viva "navio de guerra português", reconhecida pelo balão azul-malva que flutua na superfície). Limpe bem a área. Loção de calamina aliviará.

"Picadas" de urtiga. Esfregar folhas de labaça (uma erva de folhas verdes com cachos de pequenas flores sem pétalas, esverdeadas e avermelhadas) proporciona o melhor alívio. Se não conseguir encontrar labaça, tente menta (facilmente reconhecida pelo aroma).

COMO SUBIR EM UMA PALMEIRA

Você precisa estar descalçado para se segurar na árvore, mas use uma camisa de manga comprida e calça para evitar arranhões.

Subida. Suba como uma rã. Flexione as pernas de ambos os lados com as solas dos pés firmes contra as laterais do tronco. Suas pernas devem ficar iguais às de uma rã, joelhos dobrados, despontando de ambos os lados. Mova uma mão para cima, contra o outro lado do tronco, e coloque a outra mão na altura do peito no seu lado da árvore. Depois de endireitar as pernas, desloque o peso para as mãos e, com um impulso como se fosse dar um salto, traga ambos os pés ao mesmo tempo para voltar à posição de rã, avançando na árvore à medida que faz isto. Descanse depois de alguns "saltos".

Quando atingir as folhas, agarre-se e abra caminho para os cocos.

Descida. Retorne à posição de rã, começando pelos pés, e pule para baixo passo a passo ou abaixe uma mão de cada vez atrás do tronco enquanto deixa deslizar as solas do pé para baixo contra o tronco.

COMO CHEGAR EM PRIMEIRO NUMA CORRIDA

Enquanto espera a largada, respire suavemente e tente relaxar – para ajudar seu corpo a correr rapidamente e com eficiência.

Nas suas marcas. Curve-se sobre um joelho e coloque as mãos atrás da linha de partida, formando uma ponte alta entre os polegares e os outros dedos. Suas mãos devem estar posicionadas ao lado dos ombros. Mantenha os olhos fixos no chão à frente para ajudar no equilíbrio, na concentração e no relaxamento. Tente não se distrair com nada.

Preparar. Levante os quadris até ficarem mais altos que os ombros. Mantenha a cabeça inclinada a um ângulo confortável – não tente olhar muito para cima, para a pista, nem muito para baixo. Incline o corpo o máximo possível para a frente e tente começar a correr sem tropeçar. Inspire. Prepare-se para o sinal de largada.

Apontar. Expire com força e levante os braços e as pernas. No início não dê passos muito largos, espere até ficar em equilíbrio e correr com ritmo. Impulsione os ombros o mais alto possível com um movimento de trás para frente e force as pernas com um forte impulso dos joelhos.

Vai. Vá em frente e deixe todo mundo para trás.

COMO PREGAR UMA PEÇA NA CLASSE INTEIRA

Antes de você pregar a peça, arrume um cúmplice, explique como o truque funciona e prepare uma palavra-chave que somente vocês dois saibam.

1. Anuncie para a classe que você tem poderes telepáticos. Para provar seu talento, você deixa a sala enquanto a classe, ou um único voluntário, escolhe um objeto da sala e fala para seu parceiro qual é.
2. Quando você retornar, seu parceiro lhe perguntará em que objeto o voluntário está pensando: "Pode ser uma lâmpada?", "É a janela?", "Ou está na planta verde?". Considere cada uma das questões, embora estejam relacionadas com seus poderes, mas responda "não" para cada uma delas.
3. Depois seu parceiro pergunta: "É a cadeira vermelha?". Você reponde: "Não", mas foi alertado pela palavra "vermelho". Esta é a palavra-chave que vocês escolheram, então você sabe que, quando seu parceiro usa esta senha, na próxima questão a resposta deverá ser afirmativa. "É o quadro na parede?", pergunta seu parceiro em

seguida e você responde "Sim". A classe vai exclamar indignada "Certo!", e você se curvará agradecendo.

4. Escolha cinco ou seis palavras-chave e as alterne ("vermelho", "grande", "em cima da mesa" etc.) ou use sinais como a forma que seu parceiro indica as coisas ou o modo que você entra na sala – colocar três dedos em volta do canto da porta pode sinalizar para seu parceiro dizer o objeto correto na terceira questão. A classe nunca vai saber como funciona o truque, e as respostas sempre estarão corretas.

COMO DERROTAR UM VAMPIRO

Então você suspeita do seu vizinho, aquele que parece nunca sair durante o dia. Ele é alto, magro e pálido, com cabelo tingido de preto e bem penteado. Ele tem uma voz sussurrante, com um sotaque estrangeiro, e quando fala põe a mão na frente dos dentes. Será que ele tem algo a esconder? É melhor você verificar.

1. Escolha um dia claro e ensolarado para se aproximar da casa dele, espalhe dentes de alho em volta da porta principal e depois esconda-se num lugar seguro. Espere até ele sair e depois observe sua reação. Se ele parecer assustado e voltar rapidamente para dentro de casa, você pode estar no caminho certo.
2. Retorne à casa dele com um espelho grande. Fique num lugar escondido, de onde você possa ver o reflexo da porta principal. Observe se, quando a porta abre, você consegue vê-lo no espelho. Se ele não está refletido, ele pode ser um vampiro.
3. Se todos os sinais indicam que ele seja um vampiro, você deve agir. Arme-se com mais alho, um crucifixo, uma estaca afiada de madeira e um vidro de água-benta (se você tiver um *spray*, melhor ainda). Finalmente, junte um pequeno grupo de ajudantes que devem estar igualmente preparados.
4. Juntamente com seus fiéis companheiros, dirija-se, de dia, ao porão do vampiro e procure o caixão dele. Esteja preparado no caso de um lobisomem ou outra criatura monstruosa surgir das sombras para defender o mestre.
5. O vampiro desperta e levanta do caixão, mostra suas presas e tenta fincá-las no seu pescoço.
6. Você e seus amigos devem cercá-lo. Você está tão bem suprido de alho e outros meios de ameaçar um vampiro que ele rapidamente enfraquece. Quando o vampiro se curvar, é hora de atacar.
7. Segure a estaca em suas mãos com firmeza, mire onde deveria estar o coração do vampiro, se ele tivesse um, e finque! O vampiro se reduz a pó diante de você.

Não se esqueça de examinar o vampiro antes de mandá-lo para as trevas eternas – há chances de ele ser um homem pacato com dentes ruins.

COMO ESCREVER UMA MENSAGEM SECRETA

Todos segredos são mais bem guardados e transmitidos por código. Inventar seu próprio código para usar com um amigo é a melhor forma de assegurar que ninguém irá quebrá-lo.

1. Quebre a mensagem em grupos de duas letras:

EU SOU O MELHOR EM TUDO
EU SO UO ME LH OR EM TU DO

2. Depois inverta as letras de cada par:

UE OS OU EM HL RO ME UT OD

3. Agora junte as letras:

UEOSOUEMHLROMEUTOD

Pense em como você pode adaptar o código: adicionando um letra boba entre cada par, permutando pares adjacentes ou invertendo par sim, par não.

COMO LER UMA BÚSSOLA

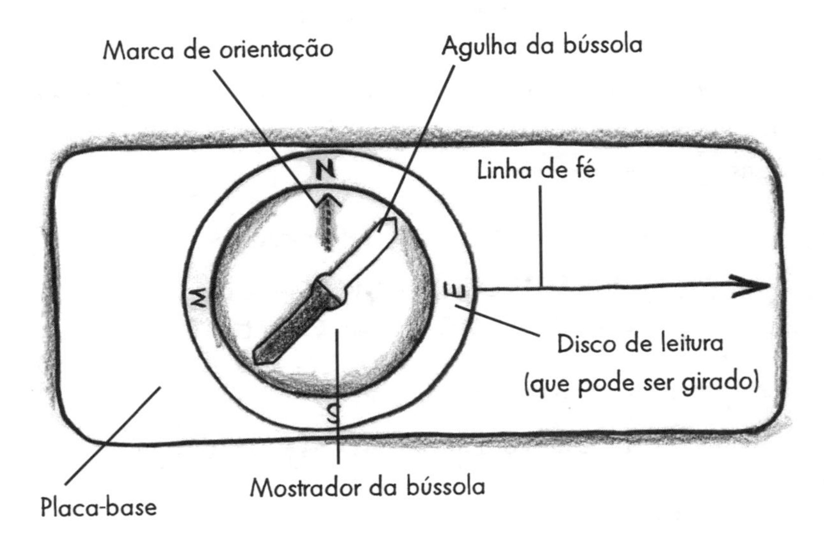

1. Mantenha a bússola reta na sua frente de tal forma que a agulha gire livremente. Verifique se não há nada magnético por perto, assim a agulha apontará para o norte magnético. Tenha certeza absoluta de que não há nada magnético com você – se, por exemplo, tiver um ímã no seu bolso, a agulha apontará para ele em vez do norte. Grandes objetos – um portão de ferro, por exemplo – também podem afetar bússolas magnéticas.
2. Gire a caixa da bússola até a marca de orientação – N (para norte) ou símbolo de 0° – estar alinhada com a agulha, certificando-se de que é a ponta norte da agulha (indicada por uma particular marca vermelha) e não a sul que está suspensa sobre a marca N ou 0°.
3. Agora você sabe onde fica o norte magnético, o que significa que também sabe onde estão sul, leste, oeste e todos os outros pontos cardeais.

4. Para usar a bússola a fim de encontrar seu caminho, por exemplo, para uma montanha distante, aponte a placa-base da bússola para que a linha de fé aponte exatamente para a montanha.
5. Gire a caixa da bússola até a marca de orientação estar abaixo da ponta norte da agulha da bússola, depois verifique de novo para ter certeza de que a direção da linha de fé ainda aponta para a montanha. Agora que você tem as direções – e se as pegou corretamente –, seguindo a direção da linha de fé ao manter a agulha da bússola sobre a marca de orientação, você chegará à montanha.

COMO CAIR SEM SE MACHUCAR... MUITO

1. Tente relaxar e não brigar com a queda – a não ser que esteja claro que cair vai provocar um ferimento sério (por exemplo, se houver perigos adversos como pedras ou maquinário pesado), nesse caso tente jogar seu corpo para o outro lado.
2. Não tente se apoiar nas mãos, pois você pode machucar os pulsos, cotovelos ou ombros.
3. Procure cair de lado em vez de cair de frente ou de costas. Se necessário, dê meia-volta ou role para se apoiar na parte do seu corpo que tem mais carne.
4. Não deixe seu corpo desprotegido. Em vez disso, encolha as pernas e mantenha o queixo firme contra o peito e os braços dobrados nos cotovelos para proteger cabeça e rosto.
5. Se estiver em uma bicicleta, largue-a, tente tirar a perna debaixo dela e empurre-a.

COMO FAZER UM *WHEELIE**

Impressione seus colegas com esse espantoso truque na bicicleta. Um *wheelie* é difícil de realizar em uma bicicleta normal. É mais fácil fazer isso numa bicicleta estilo BMX devido ao seu baixo centro de gravidade.

1. Sente na bicicleta.
2. Comece pedalando até alcançar cerca de oito quilômetros por hora.
3. Fique em pé nos pedais.
4. Incline-se para trás sobre a roda traseira.
5. Puxe rapidamente o guidão enquanto ainda pedala.
6. Conforme a roda da frente levantar, equilibre seu peso e o pedalar para manter o *wheelie*.

Dica principal. Mantenha a roda a uma boa altura e tome cuidado para não virar de costas – frear um pouquinho a roda traseira impedirá que isso aconteça.

---

* *Wheelie* – manobra que consiste em andar de bicicleta ou motocicleta usando somente o pneu de trás.

COMO TIRAR AS MELHORES FOTOS

1. As fotos mais interessantes capturam um momento que pode nunca mais se repetir. Como esses momentos dificilmente podem ser planejados, tente manter sua câmera à mão.
2. Quando tirar a foto de uma pessoa ou de um animal, tente dar um toque de vida e intimidade focando olho no olho, ou melhor, olho na lente.
3. O foco manual pode proporcionar resultados excelentes, mas muitas coisas mudam enquanto você ajusta a máquina, e o momento se perde. Foco automático é mais rápido, mas somente o objeto no meio da moldura será focalizado – o que está atrás, na frente e aos lados não ficará tão nítido. Você pode travar o foco. Para fazer isso, primeiro centralize a pessoa da foto na moldura e então pressione e segure o botão até a metade. Então, ainda mantendo o botão meio pressionado, você muda a posição da câmera a fim de que a pessoa fique na moldura do jeito que você quer. Depois aperte o botão para tirar a foto.
4. Algumas câmeras têm *flash* automático – isto pode atrapalhar se você estiver tentando fazer uma foto artística usando luz de pouca intensidade. É possível desativar o *flash* automático. Porém, em muitas câmeras o *flash* é manual – então, lembre-se de ajustá-lo quando necessário.
5. Com *flash*, evite tirar fotos muito de perto, pois ela sairá esbranquiçada. O outro problema comum desse mecanismo é o "olho vermelho" que acontece quando a luz reflete no olho da pessoa. Algumas câmeras têm o recurso redutor de "olho vermelho" (com dois *flashes*, o primeiro para diminuir as pupilas, o segundo para iluminar a pes-

soa). Se a sua não tiver, você pode tentar focar uma luz forte no rosto da pessoa um pouco antes de apertar o botão (aqueça-os antes).

6. Visualize as fotos como um todo. Olhe a área em volta – e não somente para a pessoa. Escolha a locação cuidadosamente, verifique o segundo plano, retire ou adicione itens, se necessário. Ajuste a luz (pode haver luz solar forte entrando direto na lente, ou muito pouca luz).
7. Observe que o sol matinal e do fim da tarde oferecem uma luz mais atraente – no meio do dia, ela também pode ser ótima. Se estiver tirando uma foto ao sol, verifique se a luz não está entrando na lente. Você pode descobrir que a luz do sol dá cor e definição ao rosto da pessoa – ou exagera algumas características.
8. Com relação à paisagem, a luz talvez seja ainda mais importante do que a locação – na luz suave da alvorada, a vista de um rio serpenteando por entre um campo é maravilhosa; na luz do meio-dia, é rasa e muito brilhante; na luz do pôr do sol, é dramática.
9. Experimente tirar fotos de diferentes ângulos. Você não precisa estar no nível do olhar – ajoelhe ou suba em alguma coisa para encontrar uma perspectiva melhor.
10. Como sempre, a prática é o segredo. Por esse motivo, uma câmera digital é provavelmente a melhor escolha, pois você pode ver e guardar ou descartar instantaneamente suas fotos.

COMO FAZER UM NÓ SEM SOLTAR AS PONTAS DO CORDÃO

1. Segure um pedaço de cordão na sua frente e cruze os braços, mantendo uma mão sobre o braço e a outra embaixo.

2. Mantenha os braços cruzados e pegue as pontas do cordão.

3. Segurando as duas pontas, descruze os braços.

4. "Tã-nã!!" O cordão está amarrado com um nó.

COMO SOBREVIVER A UMA ERUPÇÃO VULCÂNICA

Primeiro, aprenda sobre o que você vai enfrentar. Bem abaixo da superfície da terra, um composto de gases e o movimento das placas terrestres aumentam a pressão a um ponto em que não pode mais ser contida. O resultado é uma explosão de magma em ebulição (rocha fundida) em forma de lava, gases flamejantes e fragmentos de rocha incandescente e poeira. Um negócio bem assustador.

Em ocasiões específicas, existem normalmente pelo menos doze vulcões em erupção em algum lugar no mundo. Se você estiver vivendo perto de um, veja se está preparado.

Armazene água engarrafada, alimentos, suprimentos médicos, cobertores, roupa quente e baterias, no caso de a energia ser cortada. Recupere a água do banho em pias e recipientes, pois os principais suprimentos podem ficar poluídos.

No caso de uma erupção, procure abrigo em casa e não saia a não ser que seja avisado pelas autoridades. Fiquei atento ao rádio ou à TV para receber notícias e avisos.

Se for sair, use uma máscara e óculos para evitar que a cinza vulcânica entre nos olhos e nos pulmões. Mantenha as calhas e os telhados livres de depósitos de cinza, o que pode derrubar a casa sobre você.

Se possível, não se afaste de outras pessoas e permaneça em caminhos conhecidos.

Se durante uma erupção você for pego fora de casa, esteja ciente dos perigos que acompanham uma erupção: fragmentos voadores,

gases quentes, fluxos de lava, explosões, derramamento de lama, avalanches, água fervente ejetada de gêiseres e enchentes. Se você estiver numa área onde pode haver um fluxo de lava, esteja preparado para escapar e nunca tente atravessá-la.

Procure por morros e suba-os. Eles podem lhe oferecer proteção contra os efeitos destrutivos e devastadores da erupção.

COMO FAZER MALABARISMO

Comece a jogar uma bola de uma mão para outra. Preste atenção para que cada arremesso seja sempre para cima e sempre na altura dos olhos (mais ou menos). Pegue a bola na altura do pulso.

Agora passe para duas bolas, uma em cada mão. Atire a bola A (ver figura na página seguinte). Aguarde até a outra estar descendo e então jogue a bola B para cima embaixo da primeira. Se você não for capaz de reagir suficientemente rápido à primeira, tente jogá-las mais alto para dar tempo de pegá-las. Se você achar que elas estão indo para frente, arremesse-as ligeiramente na sua direção. Continue praticando com as duas bolas até que você se sinta confiante. Depois comece a treinar com a segunda mão.

Repita esses movimentos jogando as bolas o mais alto que puder à medida que

sua confiança cresce. Tenha pelo menos uma bola no ar e nunca mais do que uma em cada mão. Observe como as bolas chegam ao ponto mais alto e não as alcance, deixe que elas baixem.

Agora tente fazer malabarismo com três bolas, do seguinte modo:

1. Segure com a mão esquerda a bola A entre o polegar, o indicador e dedo médio e a C entre o anelar, o mínimo e o polegar. A bola B deve estar na sua mão direita.
2. Jogue a bola A para cima; quando ela atingir o ponto mais alto, jogue a bola B e pegue a bola A na sua mão direita.

3. Quando a bola B alcançar seu ponto mais alto, jogue a C. Pegue a bola B com a mão esquerda.

4. Quando a bola C estiver em seu ponto mais alto, jogue a A. Pegue a C. Jogue a B para cima e assim por diante.

COMO SALVAR O MUNDO

1. Vá a pé ou de bicicleta para a escola em vez de usar o carro.
2. Poupe eletricidade desligando os aparelhos quando não estiverem em uso.
3. Recicle tudo o que puder. Reutilize os itens em outras finalidades ou leve-os para pontos de reciclagem.
4. Pesquise sobre assuntos ambientais: na televisão, no jornal e na internet.
5. Quando fizer compras, use sacolas reutilizáveis e recuse novas quando oferecidas.
6. Tome duchas rápidas em vez de banhos longos.
7. Use lâmpadas que poupam energia.

COMO FAZER UM *SQUEALER*

O grito agudo e alto que alguns jovens animais soltam quando estão em apuros atrairá tanto as mães como predadores e outros animais meramente curiosos. Você pode fazer um dispositivo que imita esse grito a partir de um galho de árvore. Use-o para ver que animais você pode atrair.

Você vai precisar de um galho de aveleira reto de aproximadamente dois centímetros de espessura e dezesseis centímetros de comprimento, um canivete com uma lâmina forte e afiada, três elásticos fortes – um deles deve ter mais ou menos nove centímetros de comprimento e quatro milímetros em meio de largura sem esticar.

1. Corte as pontas do galho de aveleira e retire quaisquer brotos e saliências.
2. Com o canivete (cuidado com os dedos), divida o galho ao meio no comprimento. Para fazer isto, coloque o galho de pé sobre uma ponta e apoie a lâmina do canivete sobre a outra para dividi-lo ao meio. Empurre a lâmina do canivete até começar a cortar. Depois, segurando o cabo do canivete, bata de leve na ponta da lâmina várias vezes com um pedaço de madeira para fazê-lo descer através do galho.

3. Pegue uma metade do galho e marque o centro. Com o canivete, corte de lado a lado na largura da metade do galho, nas duas pontas, com cerca de dois centímetros do centro marcado, com uma

profundidade de um milímetro e meio. Usando o canivete, raspe cuidadosamente a madeira entre os dois cortes. Agora você tem uma metade do galho com uma fenda rasa no centro com quatro centímetros de comprimento.

4. Repita com a outra metade do galho, certificando-se de que as duas pontas de cada metade do galho emparelham, para que se ajustem de novo.
5. Pegue o elástico mais comprido e estique-o, no comprimento, ao longo da metade do galho, para que fique reto e passe por cima do centro da fenda no meio do galho. Depois una as duas metades do galho novamente, segurando o elástico no meio delas.

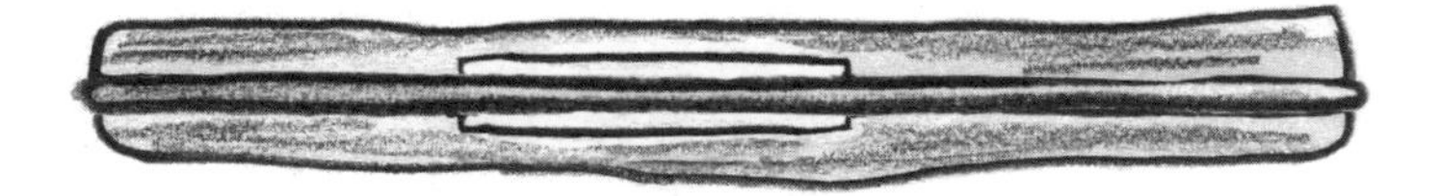

6. Junte cada ponta do galho com um dos outros elásticos menores, dando voltas o suficiente para manter as metades do galho firmemente unidas.

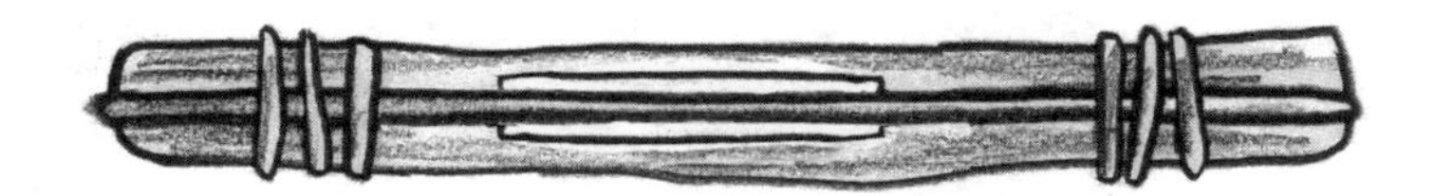

7. Segure o galho no canto da boca com os lábios sobre a fenda no centro. Sopre delicadamente. Se o elástico preso na fenda estiver bem seguro, o efeito deve ser um som agudo e alto, causado pelo ar que passa sobre o elástico esticado. Você pode fazer experimentos com variações da nota, ajustando a tensão do elástico: quanto mais apertado, mais agudo o som; quanto mais solto, mais grave o som.
8. Sopre por dois a quatro segundos; quanto mais forte soprar, mais alto será e, com extensão limitada, mais forte o som. Se encerrar a chamada com um toque forte e curto, você produzirá um som agudo e alto, como se um jovem animal estivesse em perigo.
9. Esconda-se num canto, num fosso etc. Sopre seu *squealer*. Dessa forma, dependendo de onde você está, você pode atrair animais silvestres, macaquinhos, gatos e cachorros – assim como também vizinhos curiosos e irritados.

COMO CONSERTAR UM FURO NO PNEU DA BICICLETA

1. Você vai precisar de um *kit* para conserto de furos, o manual da bicicleta e algumas ferramentas. Verifique as causas aparentes do esvaziamento do pneu – por exemplo, um prego ou um pedaço de vidro. Desparafuse a válvula, deixando sair o restante do ar da câmera. Remova a câmera da roda, tomando cuidado para não prendê-la. Empurre a câmera para fora, pressionando a válvula através do furo do aro (se estiver protegido por uma porca do aro, desrosqueie-a primeiro).
2. Procure o furo no pneu. Se não estiver aparente, substitua a válvula, encha um pouco e ouça o assovio do ar escapando ou mergulhe na água. Bolhas revelarão o local do furo.
3. Depois de encontrar o furo, desenhe um círculo em volta. Verifique se a câmera está completamente murcha, depois lixe a área em volta do furo com lixa fina. Isto permitirá que a cola grude melhor – não ceda à tentação de pular esse passo.
4. Aplique uma fina camada de solução de borracha sobre a área do vazamento, cobrindo uma área maior que o remendo. Deixe secar completamente por três a cinco minutos (seja paciente), senão provavelmente o remendo sairá.
5. Pegue um remendo do tamanho certo e coloque uma gota de solução na sua superfície de contato, depois retire tudo com o dedo, deixando uma fina camada. Espere mais três a cinco minutos. Depois aplique o remendo, com o centro sobre o furo, de uma só vez (não tente retirar e pôr), alisando para não formar bolhas de ar. Aperte bem.
6. Continue pressionando bem forte por no mínimo um minuto, especialmente em volta das bordas. Espere dois ou três minutos e depois

retire cuidadosamente o papel ou plástico de apoio do remendo. Se uma ponta do remendo levantar, pressione rapidamente no local; depois tente levantar a ponta do apoio do outro lado. Se todo o remendo sair com o apoio, você tem de começar de novo com um novo remendo (já existem remendos autocolantes, mas nem sempre funcionam muito bem).

7. Após remover o apoio, pressione as bordas do remendo para selar as bordas – depois é hora de substituir a câmera interior. Polvilhe talco (do seu *kit* de consertos de furos – esfregue na lixa), principalmente em volta do remendo para que não perfure para o lado interno do pneu. Isso feito, substitua a válvula e bombeie um pouco de ar na câmera, o que facilita a troca.
8. Depois de ter substituído a câmera, certifique-se de que a base da válvula esteja posicionada corretamente e que a câmera não esteja comprimida ou dobrada. Se tudo parecer em ordem, encha a câmera com a pressão correta. Acabou – mas fique de olho no pneu.

COMO FAZER UMA BOMBA DE ÁGUA

Para começar, pegue um quadrado de papel.

1. Dobre ao meio em ambas as direções e depois desdobre.

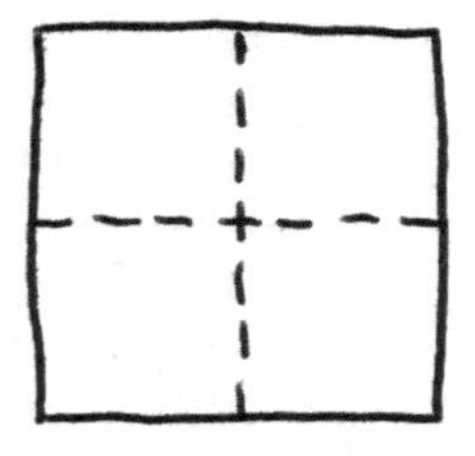

2. Vire. Dobre ao meio de canto a canto em ambas as direções, depois desdobre.

3. Dobre ao longo das dobras.

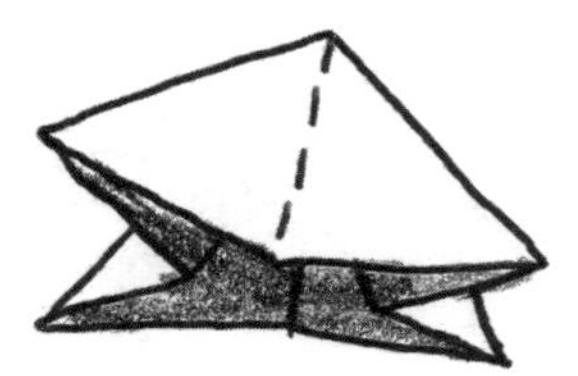

4. Dobre de canto a canto. Repita do outro lado.

5. Dobre um canto para o centro. Repita do outro lado.

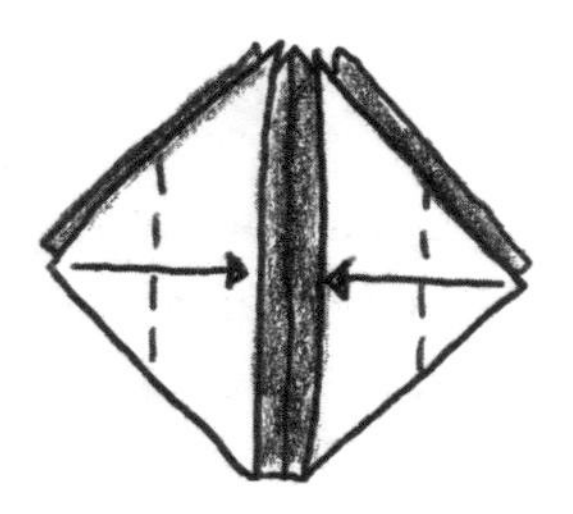

6. Dobre o outro canto para o centro. Repita do outro lado.

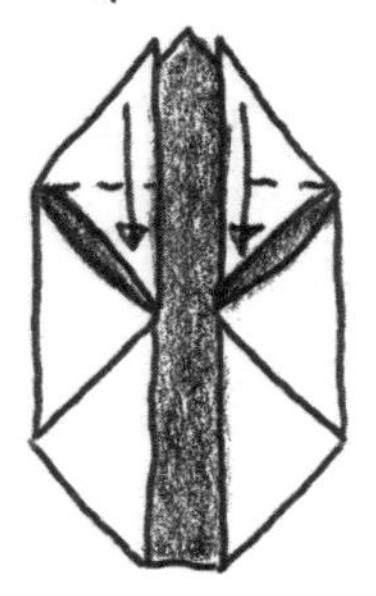

7. Dobre e desdobre. Repita do outro lado.

8. Usando as dobras feitas no passo 7, dobre os pequenos triângulos nas bolsas (entre as camadas) dos triângulos maiores. Repita do outro lado.

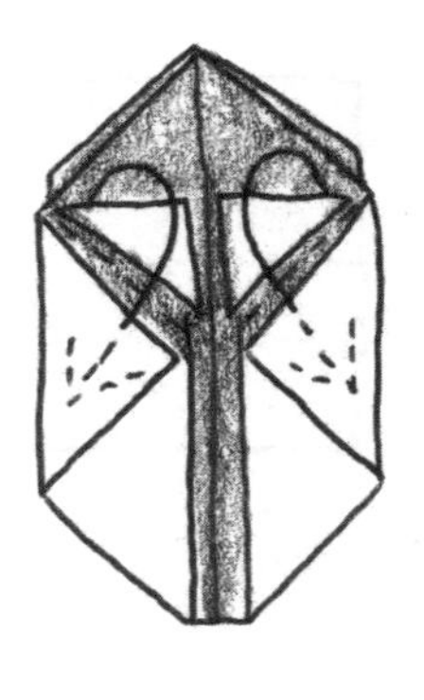

9. Para inflar a bomba de água, sopre no buraco na parte de baixo.

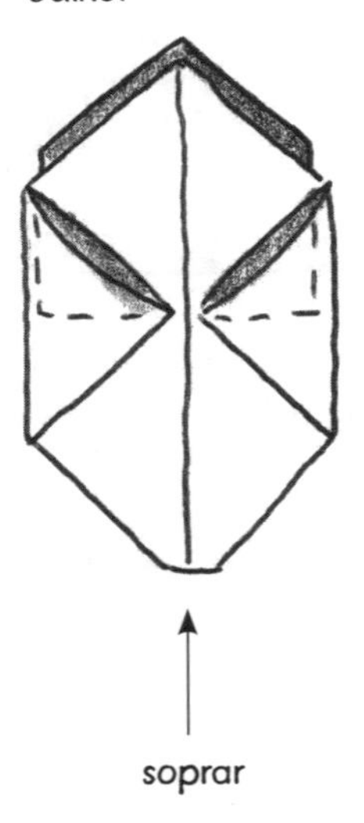

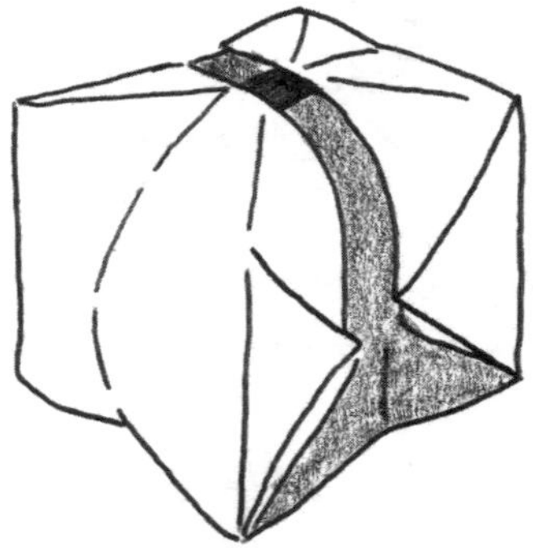

Quando tiver terminado, a bomba de água deve se parecer com essa. Encha completamente e dê um banho em seu amigo!

COMO SABER SE UMA PESSOA ESTÁ MENTINDO

Se a pessoa está contando para você a versão dela dos fatos, mantenha ouvidos e olhos abertos aos sinais reveladores.

- Falar de forma vacilante ou gaguejar pode ser um indício de que a pessoa esteja mentindo, pois sugere que ela está nervosa.
- Preste atenção a qualquer alteração no padrão de discurso da pessoa. Veja se a voz está mais aguda ou estranha, especialmente rápida ou devagar, ou se ela usa palavras incomuns. Por exemplo, parece que a história parece estar decorada?
- Esteja atento para sinais visíveis de estresse ou nervosismo, como suor, tique, coceira, esfregar as mãos, olhar ausente, mudar de posição de um lado para o outro, cruzar e descruzar as pernas, respiração rápida –, tudo isso indica que a pessoa não deve estar falando a verdade.
- Existem outros fatores a considerar. Peça para a pessoa contar a história de novo – mas não em sequência. Investigue as perguntas. Ela parece confusa? Ou se contradiz? Pergunte sobre detalhes pouco importantes (do tipo "de que cor era sua camiseta?"). É menos provável que alguém que esteja falando a verdade se confunda e fique ansiosa, mesmo que tenha esquecido alguns detalhes.
- Alguns dizem que se o "suspeito", quando questionado, olhar para a esquerda está inventando e se olhar para a direita está lembrando. Talvez você possa testar essa teoria.

COMO DAR ESTRELAS

Para dar uma estrela bem dada, você tem que ser rápido e executar a virada com força e confiança.

1. Ponha a perna direita na frente, dobre ligeiramente os joelhos e deixe os braços retos para cima.
2. Dê um impulso para frente e para baixo com o braço direito, jogando a perna esquerda para cima ao mesmo tempo.
3. Seu braço esquerdo seguirá rapidamente. Na mesma hora, ou um pouco antes de tocar o chão, impulsione a perna direita para cima e para o alto também. Por breves instantes você fica na posição de uma parada de mão.
4. Coloque no chão primeiro a perna direita, empurre com as mãos, traga o outro pé para baixo e fique reto. Tente manter o ritmo ("mão, mão, pé, pé").

Se você cambalear para o lado antes de completar a estrela, treine ao lado de uma parede, isto impedirá suas pernas de caírem na frente ou atrás de você.

COMO ESCREVER UMA CARTA

1. Escreva seu endereço na parte superior à direita da página. Abaixo e do lado esquerdo, coloque o nome e endereço da pessoa para quem você está escrevendo. Ponha a data do dia na linha abaixo dessa e do lado direito da página.
2. Abaixo e para a esquerda, dirija-se à pessoa para quem você está escrevendo. Se você conhece bem a pessoa, pode usar "Querido/Meu querido papai" ou algo parecido. Se a carta é mais formal, escreva "Prezado senhor/Prezada senhora" ou "Caro(s) senhor(es)/Cara senhora".
3. Pule uma linha e comece a escrever a carta. Lembre-se de usar parágrafos e verifique sempre a ortografia – acostume-se a usar o dicionário. Quer esteja escrevendo à máquina, quer esteja escrevendo à mão, certifique-se de que deixou os espaços corretos na página.
4. Termine a carta em uma nova linha à esquerda do centro. Se for para seus pais ou amigos próximos, escreva: "Um abraço com carinho" ou então "Abraços e beijos". Se for alguém que você não conhece bem, escreva: "Saudações" ou "Com meus melhores cumprimentos". Essa segunda opção é mais comum para cartas muito formais, normalmente acompanhado de:

    a) para alguém cujo nome você conhece: "Sinceramente";
    b) para alguém cujo nome você não conhece (isto é, senhor ou senhora): "Atenciosamente".

5. Ao escrever o endereço no envelope, certifique-se de que esteja claro e legível e use uma linha para cada parte do endereço.

COMO FAZER *BUNNY HOP*

Ser capaz de pular com a bicicleta e levantar as duas rodas do chão exige grande habilidade.

Comece a pular com a bicicleta sobre uma linha no chão, depois tente saltar sobre uma vara fina e por fim, com firmeza, aumente a altura do salto. Para sua segurança, não se esqueça de usar joelheiras, cotoveleiras, luvas e um capacete adequado.

1. Fique em pé nos pedais da bicicleta e comece a pedalar até atingir mais ou menos oito quilômetros por hora.
2. Incline a parte superior do corpo sobre o guidão, mantendo seu peso centrado.
3. Alcance o nível dos pedais para que seus pés fiquem paralelos ao chão.
4. À medida que se prepara para o salto, empurre para baixo os pedais e guidão. Pressione os pés para baixo, para trás e depois para cima, em um impulso.
5. Conforme você move os pés para cima, diminua levemente a pressão dos pés e das mãos, mas mantenha o contato entre você e a bicicleta. Abaixe-se na bicicleta e pule no ar.

Aterrisse o mais suavemente possível, absorvendo o impacto nas pernas e nos braços, não nas costas.

COMO SE LIVRAR DE UMA SOMBRA

"Sombra" é a gíria para uma pessoa que segue alguém secretamente para observar seus movimentos. Sua primeira tarefa é descobrir se está sendo seguido e, se sim, por quem. A segunda tarefa é despistá-la.

A maioria das sombras amadoras ficará atrás de você, tentando não ser descoberta.

1. Se você acha que está sendo seguido, pare de vez em quando enquando andar – por exemplo, para amarrar o cadarço, procurar algo no bolso, admirar algo na vitrine etc. De vez em quando, examine cuidadosamente as pessoas atrás de você – possivelmente do outro lado da rua – e observe qualquer detalhe importante que conseguir identificar, especialmente altura, cor das roupas, tipo de casaco etc.; procure também por alguém que você já conheça de sua rotina. Pare de novo após alguns metros e dê uma olhada em volta, como antes – ainda tem alguém lá?
2. Se tiver, continue andando, mas desta vez tente ir a algum lugar aonde a maioria das pessoas não iria – use sua ingenuidade. Pare e olhe as vitrines ou dê uma parada para admirar um carro ou uma van brilhante (escolha as de cores escuras) – você pode usar o reflexo nessas superfícies para ver quem está atrás de você. Ou puxe um pente e observe atentamente o espelho retrovisor de uma moto ou de um carro estacionado como se você fosse arrumar o cabelo – há alguém cujo reflexo você reconhece? Se ainda não tem certeza, experimente andar à toa e de repente pare totalmente (como se tivesse esquecido algo muito importante) deixando todo mundo passar – há alguém que parou e parece estar aguardando?

3. Assim que tiver certeza de que tem alguém seguindo você, anote como é a aparência da pessoa. Ao mesmo tempo, faça um plano para despistá-lo(a).
4. Quando estiver fora de vista, mude sua aparência: se estiver usando um casaco, tire-o; se estiver carregando uma bolsa, esconda-a na camisa; se estiver usando um chapéu, guarde-o no bolso, ou se tiver um chapéu em um bolso, coloque-o.
5. Acelere: não o faça apressar o passo, mas andar a passadas largas – se seu passo tem trinta centímetros e meio de comprimento e você o alongar para quarenta e um centímetros, em noventa e um metros você terá andado trinta metros e meio a mais.
6. Escape: entre numa loja grande e saia imediatamente pela outra saída; desça por uma viela estreita e, enquanto estiver fora da vista de sua sombra, corra e dobre a esquina e volte para seu caminho, retomando o passo normal quando voltar à rua principal. Suba em um ônibus que esteja quase fechando as portas – as possibilidades são infinitas.
7. Como último recurso, esconda-se: escape até sua sombra perdê-lo de vista; nessa hora se enfie numa entrada secreta, abaixe-se atrás de um carro estacionado ou de um muro baixo, mergulhe no corredor de um grande prédio – resumindo, qualquer lugar que o faça se apressar para alcançá-lo de novo. Lembre-se, sua sombra estará tão ansiosa para não perder você que provavelmente não tomará conhecimento de algo bem debaixo do nariz.

COMO LAÇAR IGUAL A UM *COWBOY*

Para laçar você vai precisar de cerca de dez metros de corda, uma agulha larga e um fio fino.

Pegue uma ponta da corda e faça um laço pequeno. Precisa haver espaço suficiente para a corda passar facilmente – mas não muito mais do que isso. Em vez de amarrar, costure a ponta da corda com o fio para fazer um laço permanente em uma ponta. Esse laço é chamado de *honda.**

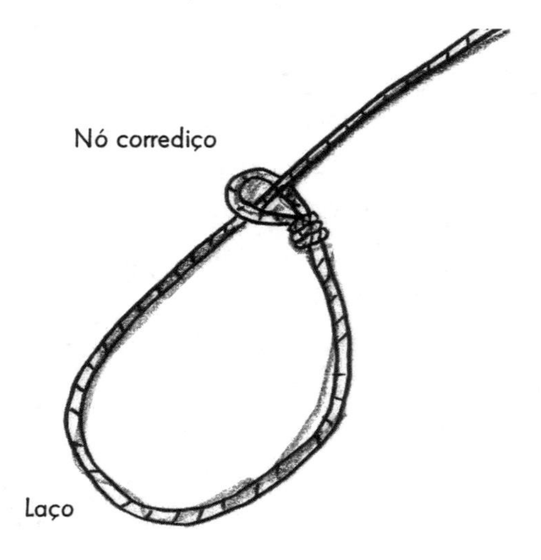

Preparando e arremessando o laço.

1. Assuma uma posição em frete ao alvo, que pode ser um poste ou uma tora de árvore, por exemplo. Puxe a ponta solta da corda atra-

* Alça na ponta de um laço (N.T.).

vés da *honda*. Pare quando você tiver cerca de três metros sobrando. Esse será o laço que você vai usar para pegar o alvo.

2. Enrole a ponta solta da corda e segure-a em uma mão. Deixe cerca de um metro e meio entre o rolo e o laço para que este possa girar.
3. Segure a ponta do laço da corda em sua mão livre a cerca de vinte centímetros de onde o laço passa através do *honda*.
4. Rode o laço por cima de sua cabeça com voltas no sentido horário, traçando um círculo no ar. Use seu pulso como um eixo e gire a corda como se fosse uma roda rodando horizontalmente em volta do seu pulso e acima da sua cabeça.
5. Quando sentir que está pronto para laçar o alvo, dê um passo rápido para trás, traga a mão para frente e para baixo ao nível do ombro, deixe esticar para o comprimento total de um braço sem interromper o impulso do balanço do laço e deixe-o alcançar seu alvo. O laço deve chegar até o alvo sem perder a forma circular.
6. Agora você está pronto para pegar o búfalo selvagem que dá coices ou se livrar de *cowboys* criminosos.

COMO FAZER UM VULCÃO

Esse é um projeto que faz bastante bagunça e precisa de espaço, então se puder, faça isso ao ar livre ou cubra a área de trabalho com jornal.

Você vai precisar de argila de modelar (marrom e vermelha são as melhores), bicarbonato de sódio, corante alimentício vermelho, detergente e vinagre.

1. Faça um vulcão com a argila de modelar. Use argila marrom para a base e vermelha na borda, para parecer lava. Se não encontrar argila vermelha, tinja uma pequena quantidade com corante alimentício.
2. Cave um buraco no topo do vulcão para a cratera. Acrescente nela uma colher de sopa de bicarbonato de sódio, algumas gotas de corante alimentício vermelho e algumas gotas de detergente.
3. Jogue um quarto de xícara de vinagre, afaste-se e observe o vulcão entrar em erupção.

COMO ACHAR A CONSTELAÇÃO DE ÓRION

A constelação de Órion, o Caçador, pode ser vista de qualquer parte do mundo, porque fica no equador celestial. Mesmo se você não identificá-la no céu, já deve ter ouvido falar de algumas estrelas que compõem essa constelação, incluindo Rigel e Betelgeuse.

1. Se você estiver no hemisfério norte, olhe na direção do sul, e se você estiver no hemisfério sul, olhe para o norte.
2. Ache o cinturão de Órion – três estrelas em uma linha curta e reta, as "Tries Marias".
3. Procure o joelho de Órion embaixo à direita – é a estrela mais brilhante, Rigel.
4. Localize a estrela vermelha alaranjada, Betelgeuse, na parte superior à esquerda do cinto, muitas vezes chamada de *Beetlejuice*.

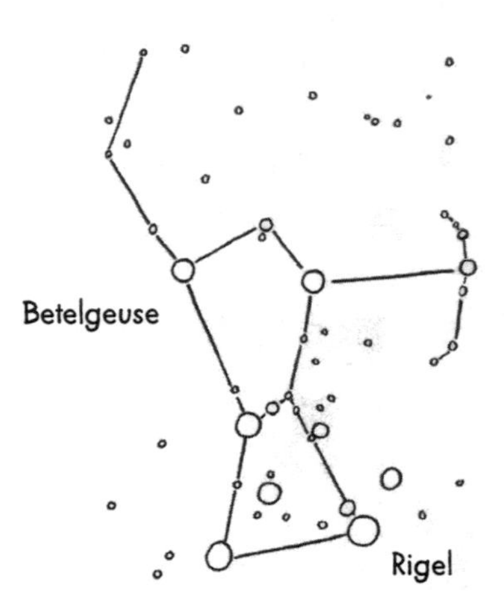

COMO JOGAR UMA BOLA COM EFEITO

Spin bowling é uma das técnicas do jogo de críquete que exige mais habilidade. O praticante de *spin* (giro) usa o pulso e os dedos para fazer a bola girar quando a solta da mão. A rotação faz a bola mudar de direção quando ela toca o chão.

Isto torna mais difícil para o batedor acertar a bola e pode algumas vezes tirá-la do caminho dele para o *wicket* (meta – no jogo de críquete). Além do mais, uma bola com efeito pode muitas vezes chegar até o bastão com um ângulo imprevisível, enganando o batedor.

As duas principais manobras para girar a bola no arremesso são *off-spin e leg-spin*.

Algumas dicas básicas. Familiarize-se com uma bola de críquete o máximo que você puder – jogue-a para cima e para baixo, girando o pulso para fazê-la rodar no ar. Saiba que provavelmente você conseguirá girrar melhor uma bola amaciada, portanto evite usar uma bola nova durante uma partida. Quando jogar a bola, mantenha os braços junto ao corpo. Traga o braço do arremesso para baixo rapidamente e jogue a bola o mais alto que puder, assim a luta pela bola fará o batedor levantar e abaixar a cabeça, o que pode tirá-lo do lance.

***Off-spin*.** Gire a mão no sentido horário para soltar a bola, de forma que quando bater no campo de críquete ela gire para sua direita. O giro é

impulsionado pelos três dedos do meio, com as juntas médias sobre as costuras da bola. Quando você atirar a bola, vire o pulso no sentido horário para criar o giro. Use os dois primeiros dedos para soltar a bola.

***Leg-spin*.** Vire a bola no sentido anti-horário e solte-a da palma de forma que ela gire sobre a base de seu dedo mínimo. Ela rolará para a esquerda quando atingir o chão. Segure a bola pela costura com as juntas de cima dos dedos indicador e médio, deixando-a entre o dedo médio dobrado e o polegar. À medida que solta a bola, endireite os dedos; grande parte do trabalho será feita pelo médio, que irá virar a bola no sentido anti-horário. Mova rapidamente o pulso para que a palma se vire para baixo.

COMO FAZER IGUAL AO *BEND IT LIKE BECKHAM**

Aproxime-se da bola. Posicione seu pé de apoio (com mais atenção do que o pé de chute) perto da bola, apontando para a direção que você quer que a bola siga. Comece praticando isto quando for chutar a bola.

Quando se sentir confortável, tente direcioná-la. Se chutar com o pé direito, para mandar a bola da direita para a esquerda bata na metade inferior do lado direito da bola com a parte interna do pé. Para curvar a bola da esquerda para a direita, bata na metade inferior do lado esquerdo da bola com a parte externa do pé (inverta esses movimentos se você chuta com o pé esquerdo). Para desviar a bola com a parte externa do seu pé, bata nela transversalmente.

---

* *Bend it like Beckham* é um filme inglês que no Brasil foi lançado como *Driblando o destino*, fazendo referência a David Beckham e sua habilidade no chute a gol.

COMO FAZER UM RELÓGIO DE ÁGUA

Você vai precisar de cinco copos descartáveis do mesmo tamanho, cinco tachinhas, um pedaço de papel-cartão, uma jarra de vidro do mesmo tamanho dos copos, uma tira de papel, cola, cronômetro e lápis.

1. Use uma tachinha para fazer um furo na parte inferior de cada copo.
2. Fixe os cinco copos ao papel-cartão, um embaixo do outro. Deixe um espaço de três dedos entre cada copo.

3. Posicione a tira de papel verticalmente à jarra de vidro e coloque a jarra debaixo do último copo.
4. Encha o copo de cima com água e verifique se pinga através de cada copo para a jarra na parte inferior.
5. Tudo certo? Então faça de novo, usando a mesma água, mas desta vez solte o cronômetro no momento que começar a pingar.
6. Em intervalos de cinco minutos, marque o nível da água no papel da jarra.
7. Quando toda a água for vertida para a jarra, você pode usar esse "relógio" para ficar informado da hora.

COMO IMOBILIZAR UM DEDO

Aposte com um amigo que, se você apontar para um dos dedos dele e pedir-lhe para mexer, esse dedo ficará imóvel e em vez disso o dedo errado mexerá. Se aceitar a aposta, diga para estender os braços e cruzá-los nos pulsos. Ele deve então juntar as palmas e entrelaçar os dedos. Agora peça para trazer as mãos na direção do estômago e girar as mãos até que os dedos entrelaçados fiquem para cima. Agora aponte para um dos dedos (sem tocá-lo) e observe se ele sabe qual dedo levantar. Muito provavelmente, ficará confuso e levantará o errado. Os dedos médio e anelar em cada mão são os mais difíceis de adivinhar, então comece com esses, se você quiser ganhar a aposta.

COMO CALAR A BOCA DE UM SABICHÃO

"Você sabia que seu cérebro é oitenta por cento composto de água?" (Isto é um fato, não um insulto.)

COMO SER UM MÁGICO NA MATEMÁTICA

1. Peça a um amigo para pensar num número de três dígitos. A única condição é que a diferença entre o primeiro e o último dígitos deve ser maior que um – por exemplo, 364 não serve, porque a diferença entre o primeiro e o último dígito (3 e 4) é um.
2. Seu amigo pode precisar de uma calculadora – você não, claro. Agora peça a ele para inverter o número. Digamos que ele tenha escolhido 469; invertendo daria 964.
3. Agora diga ao seu amigo para subtrair o menor número do maior (964 – 469 = 495). Tudo isto é feito sem você saber quais são os números.
4. Agora peça ao seu amigo para inverter o resultado dessa subtração (495, no seu exemplo, viraria 594) e depois some o resultado e a inversão.
5. Agora é sua vez. Você anuncia a resposta: 1.089.

Você estará sempre certo!

COMO ESQUENTAR OS PÉS

Espalhe um pouco de pimenta-de-caiena nas meias. Elas aquecerão seus pés sem queimar. Mas se certifique de que todos os cortes, bolhas e arranhões dos pés estejam cobertos com um curativo e tome cuidado para não deixar a pimenta atingir seus olhos ou a área do nariz e da boca, pois pode causar dor ou deixar desconfortavelmente quente.

COMO SUBIR NUMA CORDA

Para a maioria das pessoas, uma corda longa sem nós para se segurar parece impossível de subir. Esse é um modo de se livrar do professor de ginástica e se enrolar na corda como uma jiboia.

1. Fique na frente da corda e pegue-a com os dois braços – eles devem estar bem acima da sua cabeça, mas com os cotovelos ligeiramente curvados para lhe dar o impulso necessário.
2. Agarre a corda e erga-se. Conforme você faz isso, cruze as pernas em volta da corda e agarre-a entre as coxas e de novo entre os pés.
3. Impulsione novamente, um braço de cada vez. Erga-se com as mãos enquanto usa o apoio entre os pés e coxas para se içar.

COMO FAZER UM BUMERANGUE

Os bumerangues não precisam ser peças de madeira simples com um ângulo. Tradicionalmente eles tinham essa forma porque eram feitos a partir de uma peça de madeira curva. Se fizer um de papelão em forma de X, ele será sem dúvida mais eficiente.

Você vai precisar de papelão, uma régua, tesoura, cola ou grampeador e canetas hidrográficas (para decorar).

1. Meça e corte duas tiras de papelão de vinte por três centímetros. Deixe os lados de cada tira paralelos e os dois comprimentos idênticos. Corte os oito cantos para que fiquem bem arredondados.

2. Dobre a ponta de cada asa deixando cerca de dois centímetros na ponta para fazer um ângulo reto.
3. Cruze uma parte sobre a outra no centro e em ângulo reto para formar um X. Cole-as ou grampeie-as no centro. Decore sua criação.

4. Para atirar, segure o bumerangue na vertical por uma das lâminas, mantendo as pontas dobradas viradas para você. Erga o braço e atire com um rápido golpe do pulso usando uma força leve.

Se não funcionar após várias tentativas, ajuste as pontas dobradas. Você também pode colocar quatro gotas de massa de vidraceiro embaixo de cada asa a cerca de três quartos do comprimento do centro. Assim, ele girará rapidamente de volta para você.

COMO PROCURAR ÁGUA COM VARINHA RADIESTÉSICA

Usar uma varinha radiestésica é uma forma de localizar algo que está escondido. Um radiestesista consegue determinar o local exato de coisas como água subterrânea, tesouro escondido, petróleo, objetos perdidos e até mesmo pessoas, com ajuda de uma varinha, um galho ou outro objeto com formato de Y. Por nunca ter sido cientificamente comprovada, a arte de procurar com essa varinha é considerada um tipo de adivinhação.

As varinhas radiestésicas eram tradicionalmente feitas de galhos de árvore. Varas em forma de L de ferro e de cobre também são alternativas – ou fio de cabide, sem o misticismo, como parece.

Para fazer varinhas radiestésicas de cabides, você vai precisar da parte longa horizontal do fio (em que você pendura a calça) e cerca de dez centímetros de um lado com ângulo. Pegue dois cabides e corte a parte com ângulo usando um cortador de fio. Dobre um pouco dos lados pequenos para formar um ângulo reto ou um L. O lado menor é a alça: sobre cada uma delas, encaixe meio canudinho para formar uma conexão (isto permitirá que a varinha gire livremente sem ser afetada por sua mão).

Para procurar com as varinhas em forma de L, segure uma varinha em cada mão horizontalmente e apontando para frente. Se você estiver sobre água, as varinhas se cruzarão, aparentemente por iniciativa própria, apontando em direção ao lugar onde a água pode ser encontrada.

COMO ENTERRAR UMA BOLA DE BASQUETE

1. Deixe os pés paralelos e fixos no chão. Com o corpo virado para a cesta, agache-se – isto lhe dará a cinética para pular.
2. Erga os pés. Verifique se você consegue ver a borda do aro. Sua mão de arremesso deve cobrir a bola e apontar em direção à cesta, enquanto a outra mão pode guiar levemente o arremesso, segurando livremente a lateral da bola.
3. Mantenha os ombros e os olhos direcionados para a parte da frente da borda. Dobre o pulso da mão de arremesso para trás, ficando com a bola na ponta dos dedos.
4. Conforme pular do chão, estique os braços, levantando a bola levemente em um movimento contínuo.
5. No ponto mais alto do salto, jogue o pulso para frente e solte a bola. No final do arremesso, quando a bola se mover através do aro, seus dedos devem apontar para baixo.

COMO RECONHECER UMA BRUXA

De acordo com o autor infantil Roald Dahl, bruxas se vestem e se parecem com mulheres normais. Felizmente há maneiras de reconhecer uma bruxa.

Elas usam luvas, porque possuem garras que precisam esconder. Elas são carecas e usam perucas. Elas têm narinas maiores que as pessoas comuns. A pupila delas muda de cor, do fogo para o gelo. Não têm dedos dos pés, por isso usam sapatos largos com o bico quadrado. Além disso, a saliva delas é azul.

COMO FAZER FOGO

1. Rodar rapidamente um galho seco dentro de um buraco em uma prancha de madeira ou um tronco de árvore morto produzirá calor suficiente para atear fogo a musgo seco.
2. Cortar uma fenda em um pedaço de bambu e desgastar esta fenda com outro pedaço de bambu produzirá fragmentos de madeira. A fricção ateará fogo a essas aparas.
3. Bater uma pedra contra outra criará faíscas que, se caírem em musgo seco, podem pegar fogo.
4. Se estiver um dia de sol, você pode colocar papel, musgo ou grama seca em chamas, apontar uma lupa sobre esse material e direcionar para cima até que o círculo de luz solar da lente faça surgir na área um pequeno ponto brilhante. Segure aí e um pequeno anel de fumaça em breve aparecerá seguido das chamas.

COMO FAZER LEITURA DINÂMICA

Quando você lê, não é necessário olhar todas as letras para saber que palavra é nem ver a palavra em detalhe, pois você sabe o que é pela forma, pelo comprimento e pelo contexto (o significado com relação à frase em que aparece). Para fazer leitura dinâmica, você precisa escanear as linhas que está lendo. O cérebro em breve aprende a identificar quais palavras são importantes e a juntá-las.

Para acelerar a leitura, passe o dedo debaixo de cada linha que você lê. Gradativamente aumente a velocidade do dedo e você verá que a velocidade da leitura aumenta também. Não apresse demais, senão você não entenderá o que está lendo.

Para fazer a leitura dinâmica progredir, use o jornal, pois as colunas são mais estreitas que as páginas do livro. Desenhe uma linha bem no centro da coluna. Agora tente ler cada linha de palavras sem mover os olhos do começo ao final da linha, mas olhando para o seu centro. Você vai descobrir que, com a prática, seus olhos estarão pegando uma linha completa de uma vez e, se continuar, que o cérebro começa a fazer a mesma coisa e assim pode entender o que está lendo. Após um tempo, deixe de desenhar a linha e você em breve será capaz de ler uma coluna de jornal apenas passando os olhos pelo centro.

Evite repetir as palavras e retornar a algo que você já leu. Ao fazer isso, você diminuirá a velocidade.

COMO SOBREVIVER A UM TERREMOTO

Por sorte, a grande maioria dos terremotos que ocorre à nossa volta é tão leve que somente sismógrafos os registram. Terremotos mais fortes, contudo, podem causar um prejuízo considerável.

- Se você estiver dentro da casa e tiver tempo, desligue o gás e todos os equipamentos relacionados a fogo (uma lareira ou fogareiro a gás, por exemplo). Fique dentro de casa. Jogue-se no chão e proteja-se debaixo de uma mesa ou de uma escrivaninha resistente. Segure-se nela e, se necessário, mova-se com ela. Se não tiver um móvel adequado, fique no vão atrás da porta. Mantenha-se longe de janelas, vidro, lareiras e móveis pesados ou aparelhos. Fique parado até que o tremor pare e seja seguro se mover.
- Se estiver fora de casa, vá para um espaço aberto, se possível. Fique longe de prédios, árvores, fios elétricos, pontes, muros altos e rochas.
- Se estiver num carro, obrigue todos a permanecerem no veículo. Peça ao motorista para manter o carro longe de tráfego, pontes, passagens elevadas e túneis, árvores, postes de iluminação, fios elétricos e sinais rodoviários e para estacionar o veículo onde parecer seguro.
- Depois que o tremor parar, verifique se há pessoas feridas e certifique-se de que estão confortáveis e seguras, na medida do possível; verifique os perigos: fogo, vazamentos de água, estruturas danificadas, Desligue o fornecimento de energia se houver suspeita de vazamento de gás ou se a fiação elétrica estiver danificada e limpe derramamentos perigosos. Use o telefone somente para emergências e continue ouvindo o rádio. Fique preparado para pós-choques e até mesmo ondas de maré (ondas marítimas sísmicas).

A escala de Richter mede a força do terremoto.

1 a 3	Geralmente não é sentido, mas registrado pelos sismógrafos.
3 a 4	Sentido, mas quase sempre sem prejuízos.
4 a 5	Vastamente sentido com alguns prejuízos locais, mas não significantes.
5 a 6	Avarias em prédios de construção fraca.
6 a 7	Destrutivo, com bastante prejuízo.
7 a 8	Principal, prejuízos sérios sobre áreas grandes.
8 a 9	Grande – destruição que se estende sobre vasta área e inclui mortes.
9 ou mais	Raro – causa grande destruição sobre uma vasta área.

COMO SABER QUE SE APROXIMA UM TEMPORAL PELOS RELÂMPAGOS

Pequenas gotas de água colidindo dentro de nuvens de tempestade fazem os elétrons se moverem tão rapidamente que é produzida uma grande descarga elétrica. Isso é o raio. O ar à sua volta é aquecido tão intensamente e expande tanto que gera um barulho intenso, o trovão.

Embora o raio e o trovão ocorram ao mesmo tempo, vemos a luz algum tempo antes de ouvirmos o trovão, porque a velocidade da luz é cerca de um milhão de vezes a do som. É possível estimar a que distância está um temporal com relâmpagos contando o número de segundos entre o clarão do raio e o estrondo do trovão. Divida esse número por três e você terá a distância aproximada em quilômetros.

COMO FAZER UM AVIÃO DE PAPEL

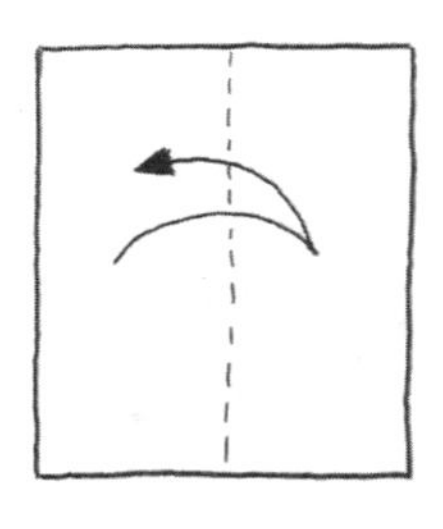

1. Pegue uma folha de papel A4 e dobre-a ao meio no comprimento.

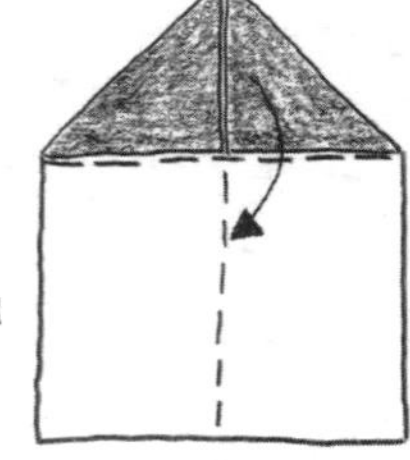

2. Dobre os cantos superiores para dentro da dobra, formando dois triângulos equiláteros.

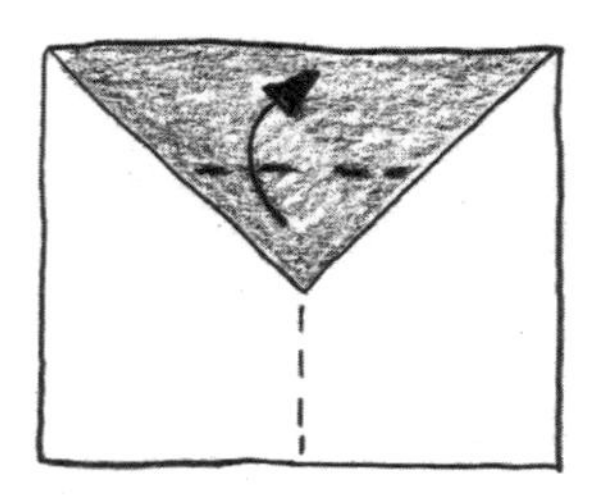

3. Dobre o grande triângulo superior para cima e para baixo.

4. Dobre a parte inferior da ponta do grande triângulo para cima de novo, mas não totalmente.

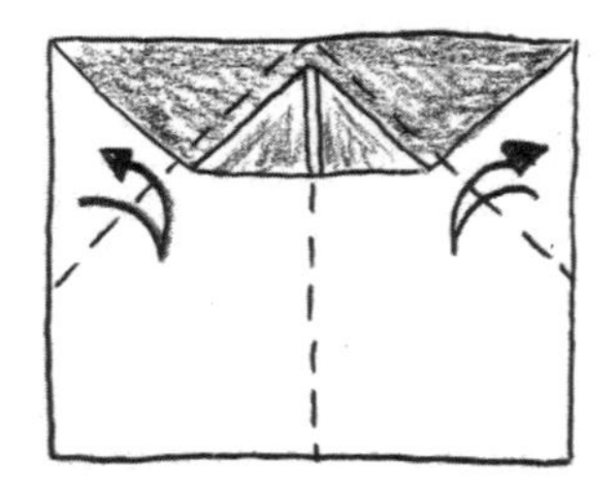

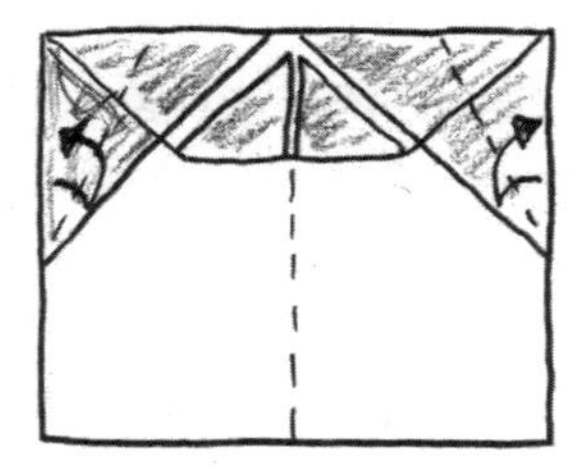

5. Dobre os cantos superiores para dentro da dobra do centro e depois desdobre.

6. Agora divida as novas dobras que você fez em duas partes, usando as dobras anteriores como guia. Dobre e desdobre ao longo das linhas pontilhadas.

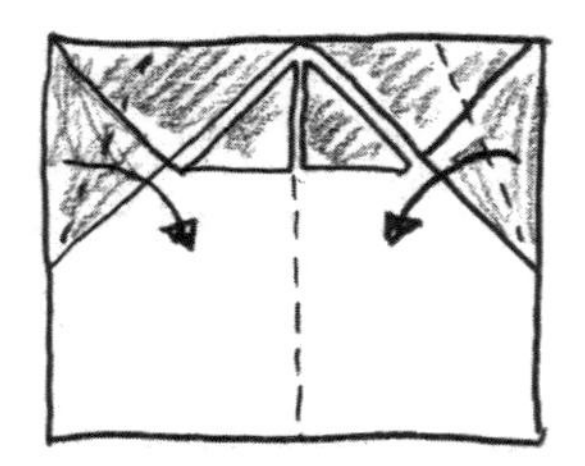

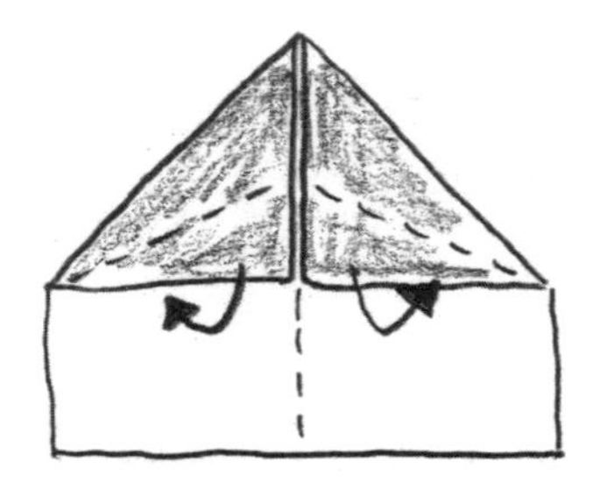

7. Agora dobre os dois grandes triângulos para baixo de novo.

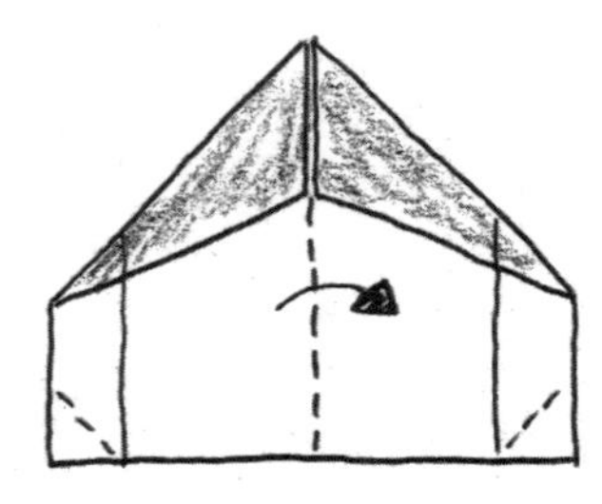

8. Dobre para dentro ao longo das duas dobras pontilhadas e tracejadas, formando os triângulos bem abaixo e deixando-os firmes no lugar.

9. Agora faça uma dobra extra. Quando você vir linhas tracejadas e pontilhadas no diagrama, dobre essas asas para dentro. Dobre os pequenos triângulos para fora e forme as asas, que ajudam a equilibrar o avião durante o voo.

Superdica. Esse é um avião lento e gracioso. Voa melhor se você não o jogar com força, mas simplesmente soltá-lo conforme sua mão se move um pouco para frente.

COMO REMAR UM BARCO

Não é uma boa ideia remar um barco sozinho – leve um amigo junto. Tenha certeza de estar preparado, de que ambos estejam usando coletes salva-vidas e de que o barco esteja seco e em boas condições.

1. Sente-se de costas para a proa (a parte da frente do barco), com os pés contra o chão e os joelhos levemente dobrados. Encaixe um remo em cada cavilha – uma peça de metal em forma de U que fica na lateral do barco para segurar os remos.
2. Se tiver um companheiro, ele deve entrar no barco e sentar atrás – ou seja, na haste do banco do remador. Peça para ele empurrar o barco para fora do banco ou do píer, a fim de fazê-lo deslizar.
3. Com os braços para fora, à frente, segure o cabo do remo com os punhos de forma que as lâminas dos remos fiquem paralelas e acima da superfície da água. Mantenha as costas retas e olhe diretamente para frente, que será, quando você estiver remando, a popa (a parte de trás do barco).
4. Abaixe as lâminas na água e, ao mesmo tempo, reerga os pulsos – isto irá ajustar as lâminas no ângulo certo na superfície quando entrar.
5. Incline-se para trás e traga aos cabos dos remos em direção ao seu peito e complete o movimento dobrando os braços. Seu peso e o esforço de suas pernas, mais do que a força dos braços, impulsionarão as lâminas através da água, isto fará a projeção do sol na linha norte-sul pela divisão do ângulo dos ponteiros indicar a hora. Lembre-se de que neste hemisfério, o sol estará mais forte ao meio-dia, embora os mesmos princípios se apliquem para o hemisfério norte.

6. Na direção oposta. Então, de fato, você está indo de costas.
7. Quando a remada parar, erga as lâminas da água, endireite os braços e se incline para frente de novo – isto trará as lâminas de volta ao ponto inicial.
8. Abaixe as lâminas na água, dê uma nova remada e assim por diante. As remadas mais fortes são as primeiras seis ou sete; quando o barco pega impulso de fato, menos esforço é necessário para mantê-lo no mesmo compasso.
9. Remar mais forte com um dos remos fará o barco virar na direção oposta a esse lado – isto é, se você impulsionar o remo direito, o barco moverá à esquerda (que é a direita do barco, visto que você está de costas).
10. Para diminuir a velocidade ou parar o barco, jogue as lâminas na água e braceie contra – as lâminas retas agirão como breques. Para mover o barco para trás, segure essa posição e depois puxe contra os punhos do remo para que as lâminas se movam através da água na direção oposta. Como as lâminas perto da proa, retire-as da água, incline-se para trás e jogue-as de novo para dar outra remada.

Se por qualquer motivo você perder o controle do barco e cair na água, não entre em pânico! Seu colete salva-vidas o fará flutuar. Fique perto do barco até chegar ajuda ou até que você e seu amigo possam levar o barco para o banco segurando de um lado e batendo as pernas.

COMO ENCONTRAR O NORTE

Você vai precisar de um relógio de pulso com ponteiros ajustado na hora local e ser capaz de ver o sol (mesmo se ele estiver encoberto por nuvens). Mais importante de tudo, você também precisa saber que o sol nasce no leste e se põe no oeste e que o meio-dia no hemisfério sul é exatamente o norte (no hemisfério norte, é exatamente o sul).

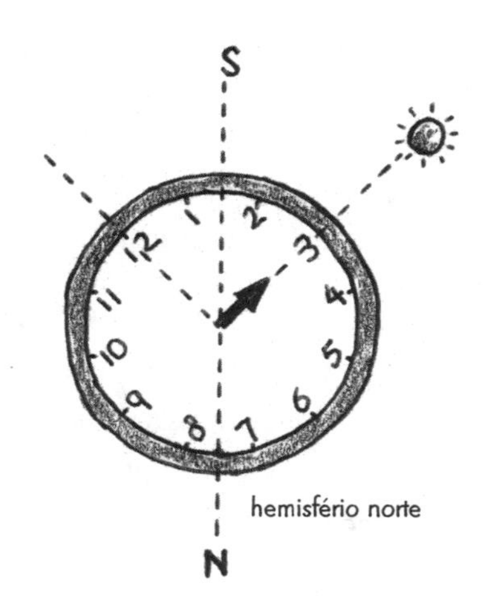

1. Com o relógio na horizontal, aponte o ponteiro das horas (o menor) para o sol. Então forme um ângulo entre o ponteiro das horas e o número doze no mostrador do relógio – a linha que segue esse ângulo é a norte-sul. Por conhecer a posição do sol ao meio dia e saber a hora, você pode identificar qual direção é norte e qual é sul.
2. Se você tem um relógio digital, desenhe um mostrador de relógio em um pedaço de papel, marque as doze horas e depois desenhe o ponteiro das horas na posição da hora mostrada no seu relógio digital. A seguir, risque o ponteiro das horas no desenho no sol e repita o procedimento de um relógio com ponteiros (tecnicamente chamado de analógico).
3. Se estiver no hemisfério sul, aponte o doze.

COMO FAZER UM OVO ENTRAR NUMA GARRAFA

Você vai precisar de um ovo cozido sem casca, uma garrafa de plástico ou vidro com uma abertura levemente menor que o ovo e uma jarra grande com água quente.

1. Para cozinhar o ovo, coloque-o em uma panela, cubra com água e deixe ferver por oito a dez minutos. Depois o mergulhe em água fria e deixe-o por pelo menos mais dez minutos para esfriar. Quando o ovo estiver frio, bata devagar até a casca quebrar. Tire a casca cuidadosamente. No final ele deve estar oval, branco, sem marcas e liso.
2. Esquente a garrafa, por fora e por dentro, enchendo-a com água quente. Despeje a água quente e depois rapidamente coloque o ovo virado para baixo na boca da garrafa.
3. Como o ar dentro da garrafa esfria, o ovo irá se deslocar lentamente para dentro da garrafa.
4. Para tirar o ovo, vire a garrafa de ponta cabeça para que o ovo fique perto da abertura. Sopre com força na boca da garrafa. O ovo vibrará, mas agirá como um selo, prendendo o ar dentro. Aponte a garrafa para longe de você e observe o ovo voar para fora.

COMO FAZER UM NÓ COM UMA MÃO

1. Coloque o fio sobre a mão.

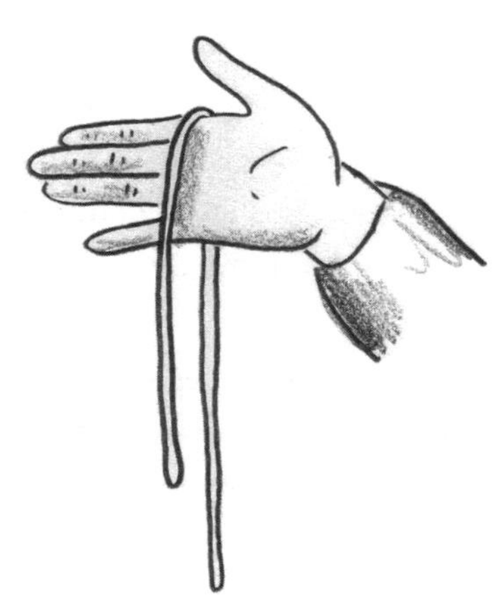

2. Dobre a mão e com os dedos indicador e médio pegue o fio que está pendurado atrás da mão.

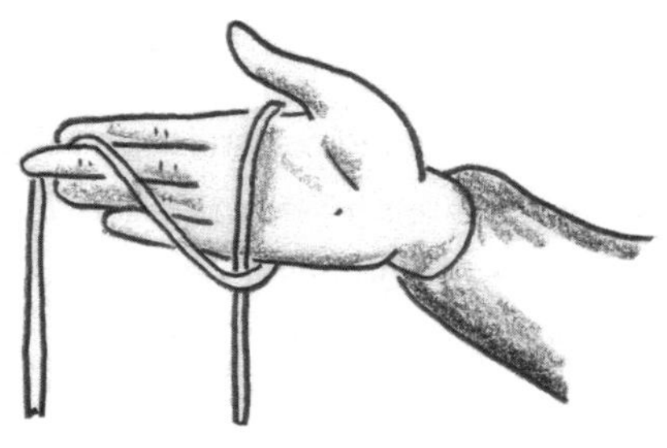

3. Mova o pulso rapidamente para baixo, assim o fio em cima da sua mão desliza para frente de seus dedos.

Aqui está um nó.

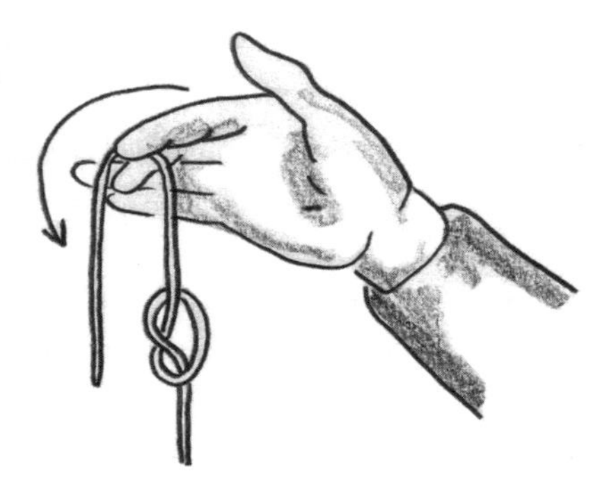

COMO ANDAR NUM MONOCICLO

1. Peça para dois amigos ficarem de ambos os lados e suba no monociclo com seus braços em volta dos ombros deles. Verifique se o monociclo tem o tamanho certo sentando no selim e colocando um pé no pedal mais baixo. Você deve ser capaz de alcançar o pedal com a perna levemente dobrada.
2. Sente reto e olhe para frente. Seu peso deve estar no assento, não nos pedais. Gire os pedais para se equilibrar e depois traga-os para perto deixando-os paralelos ao chão.
3. Ainda se apoiando em seus amigos, pedale meia-volta, depois pare. Faça isso algumas vezes antes de sair pedalando. Dar várias meias-voltas é mais difícil do que pedalar continuamente, mas mantém você no controle do movimento.
4. Solte o ombro das pessoas que estão o ajudando para segurar nos pulsos e depois passe a segurar os pulsos somente de uma pessoa.
5. Troque o apoio das pessoas que estão ajudando por uma parede. Pedale meia-volta para frente, deslizando a mão ao longo da parede. Dê em uma volta inteira, duas voltas e assim por diante até que se sinta confortável deslizando ao longo da parede somente com um leve toque nela.

Para girar o monociclo, gire-o juntamente com seu corpo na direção que quer ir, mas seja cuidadoso para evitar se inclinar para o lado.

COMO FAZER UMA CARICATURA

Se você souber desenhar uma forma de rosto básica, é muito fácil ajustar algumas características para dar a cada uma de suas caricaturas uma personalidade diferente. Comece com uma forma oval básica, depois acrescente outros círculos para nariz e olhos. Depois simplesmente enfeite com bocas de diferentes formatos e tente mudar os globos oculares ou as sobrancelhas ou inclua cabelos ou óculos. Veja quais expressões você pode criar. Em breve, você constituirá uma biblioteca de rostos com diferentes e hilárias personalidades.

COMO FAZER SEU PRÓPRIO JOGO DE CARTAS, NO ESTILO SUPER TRUNFO

1. Recorte um pedaço de cartão branco do tamanho de uma carta de baralho para cada um de seus amigos. Se você tiver vinte amigos, precisará de vinte cartas.
2. No topo de cada carta, escreva o nome de um amigo e faça um desenho ou cole a foto dele embaixo do nome.
3. Escreva as categorias mostradas abaixo em cada uma das cartas.
4. Avalie o desempenho de seus amigos em cada categoria e escreva um número apropriado para cada categoria na carta. Por exemplo, se um de seus amigos é bom o suficiente para jogar na Copa do Mundo, ele receberá um dez ao lado de "Habilidades no futebol".

Dias por ano usando shorts	43
Habilidade de sair de encrenca	8
Cheirar pum	10
Habilidades no futebol	5
Máximo de dias sem banho	4
Habilidade na construção de cavernas	7
Número de truques de mágica conhecidos	1
Habilidade de assoviar	10

5. Embaralhe as cartas e as divida entre os jogadores.
6. Pegue a primeira carta de seu monte, escolha uma categoria e leia sua pontuação.
7. Seguindo sentido horário, cada jogador lê em voz alta a sua pontuação naquela categoria. A pessoa com a pontuação mais alta ganha todas as cartas da rodada e as coloca em cima do seu monte. Ele então escolhe a categoria para a próxima rodada.
8. Uma a uma, os jogadores vão perdendo todas as cartas. O vencedor é o jogador que terminar com o monte inteiro.

COMO ENCONTRAR FÓSSEIS E TESOUROS

Onde quer que esteja, você pode estar em cima de um fóssil: talvez ossos, dentes, ovos, carne de mamute congelada ou pele fossilizada. E há outros tipos de tesouros fascinantes para descobrir também, como artefatos da Idade do Bronze, moedas romanas, joias e cerâmica. Você não precisa ser um arqueólogo ou paleontologista para escavar os vestígios de vida de tempos antigos, apenas ser observador, paciente e sortudo.

Onde procurar:

Praias. Procure em pedregulhos e debaixo das rochas assim como na areia; se houver pederneiras, verifique também; elas podem conter fósseis.

Barrancos. Verifique debaixo das pedras e ao longo das margens. Vale a pena investigar no leito de rios baixos.

Rochas. A erosão possibilita a descoberta de alguns superfósseis (ou pinturas da Idade da Pedra), que você pode encontrar tanto cravados quanto na base de rochas.

Minas. São bons lugares para procurar, pois é onde houve escavações de pedra e terra para construções (mas observe as precauções de segurança).

Fazendas. É bom procurar em fazendas também, especialmente campos onde a terra arada foi revirada, e todos os tipos de tesouros enterrados por anos ou até mesmo séculos podem ter vindo à superfície.

Você vai precisar de ferramentas para desenterrar fósseis e tesouros. Use uma escova para remover delicadamente areia ou terra, uma pequena espátula para cavar em volta da descoberta e um martelo e um cinzel se você estiver numa região rochosa. Leve junto papel toalha para enrolar os fósseis, uma câmera para registrar as descobertas e sacos plásticos para carregá-los ao museu!

COMO FAZER UM *LIMERICK*

Um *limerick* é um poema humorístico com cinco linhas. Tem sempre o mesmo padrão de rima e ritmo. A primeira, a segunda e a quinta linhas normalmente possuem oito sílabas cada, e as sílabas finais de cada uma dessas linhas rima. As linhas do meio têm ambas cinco ou seis sílabas e uma nova rima.

1. Escolha o nome de um rapaz ou de uma garota e escreva uma linha de oito sílabas com esse nome no final. Por exemplo: "Um jovem chamado Nando".
2. Faça uma lista de palavras que rimem com a última sílaba da primeira linha – por exemplo, voando, chamando, cantando. Agora escreva uma segunda linha de oito sílabas terminando com uma das palavras que rimam. Por exemplo: "Foi à escola cantando".
3. Agora pense em uma estória para seu personagem e escreva duas linhas de cinco sílabas com palavras que rimem no final. Por exemplo: "Indo sorrindo", "Logo caindo".
4. Para a linha final, que terá oito sílabas, pense em um desfecho para sua história. Volte à lista de palavras que rimam e use a criatividade à vontade. "E o jovem voltou chorando".

COMO ORDENHAR UMA VACA

1. Lave bem as mãos.
2. Passe um pouco de creme especial para as mãos.
3. Pegue a base da teta da vaca firmemente com os últimos três dedos da sua mão esquerda.
4. Puxe levemente a teta e o úbere ao mesmo tempo.

5. Não empurre ou puxe com força – isto irritará a vaca e pode causar ferimento.
6. Com a mão direita, pegue firmemente a base da outra teta com os três últimos dedos e repita o passo 4.
7. Faça isso rapidamente, mas com cuidado com uma mão de cada vez até que o fornecimento de leite acabe.

Superdica. Nunca ordenhe a vaca enquanto ela come.

COMO FAZER UM DRIBLE NO BASQUETE

Nesse esporte, não é permitido correr com a bola, então o drible é uma habilidade crucial. Você pode usar somente uma mão de cada vez e quando parar de driblar deve passar ou arremessar.

1. Tenha controle da bola espalhando os dedos sobre a parte superior dela.
2. Comece a driblar batendo firmemente a bola no chão. Use a mão e pulso para controlar a altura e velocidade da bola.
3. Permaneça com a mão no topo da bola para fazer o rebote corretamente e mantenha a altura da bola ao nível do pulso. Não deixe a bola alcançar a palma da mão. Sinta a bola com os dedos e deixe que seu pulso faça o trabalho.
4. Mova-se para frente na ponta dos pés e dobre os joelhos para manter o equilíbrio.

Superdica. Mantenha o corpo sobre a bola para protegê-la de seus oponentes. Para ajudar a manter a posse, drible com a mão mais afastada do adversário.

COMO MANTER UM SUSPENSE

Um suspense é qualquer elemento de uma estória, de um artigo, de um programa de rádio ou de TV ou de filme que deixe o ouvinte, leitor ou espectador em tensão. Por exemplo, o herói ser deixado pendurado num rochedo íngreme, correndo risco de morrer. Esse é um truque usado para prender a atenção das pessoas, pois se o suspense é mantido, as pessoas querem saber mais.

Você pode usar truques similares para se tornar o melhor contador (ou escritor) de piadas, estórias e até mesmo de discursos e manter seus espectadores em suspense.

- Não revele tudo muito cedo. Encerrar uma história com algo como "De repente, ouviram-se tiros e todos caíram mortos. Fim." deixa as pessoas desapontadas e frustradas.
- Não se apresse. Prolongue a narrativa, mas não vá muito devagar, pois pode se tornar cansativo. Dê uma pausa de vez em quando – isto faz as pessoas falarem "Continue" ou "O que acontece então?".
- Mude o rumo da estória. Quando chegar a uma parte interessante, diga algo como "Enquanto, como o ônibus fantasma caia sobre nós, a vovó estava fazendo bolinhos de chuva em casa..."
- Interrompa a história de vez em quando. "Então de repente uma enorme sombra preta apareceu em frente a ele que... ah, tocou o sinal. Continuamos mais tarde."
- Deixe a melhor parte para o fim, mas desenvolva o drama pouco a pouco.

COMO FAZER UM CAÇA-FORTUNA

Para fazer um caça-fortuna tudo o que você precisa é um papel na forma de um quadrado e algumas canetas coloridas.

1. Dobre o quadrado ao meio.

2. Dobre de novo para formar um triângulo menor. Depois desdobre a folha e tire o vinco.

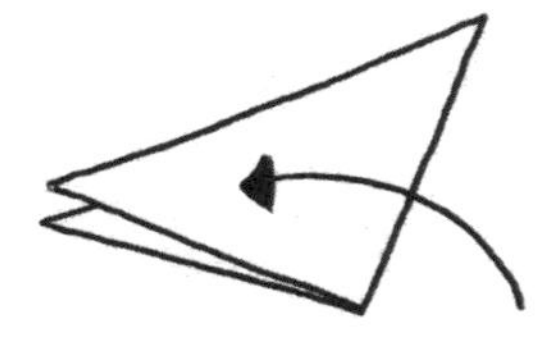

3. Dobre cada canto do quadrado no meio, para que todos se encontrem no centro.

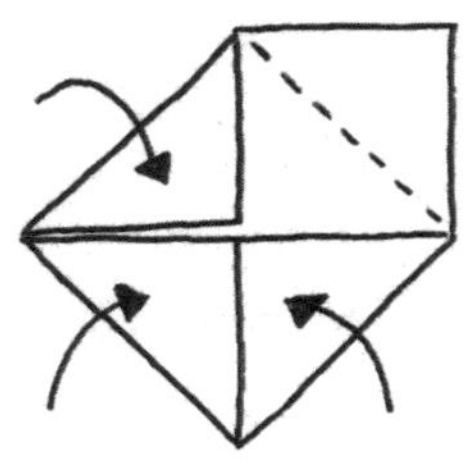

4. Vire o caça-fortuna e repita o passo 3, dobrando os novos cantos para o meio.

5. Vire a folha para que você possa ver quatro quadrados e dobre ao meio com os quadrados na parte de fora.

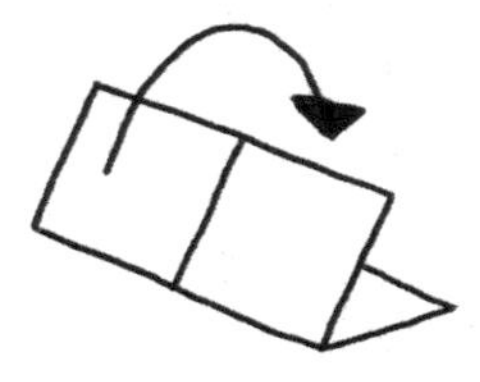

6. Finalmente, mantendo os quadrados do lado de fora, dobre ao meio da outra forma.

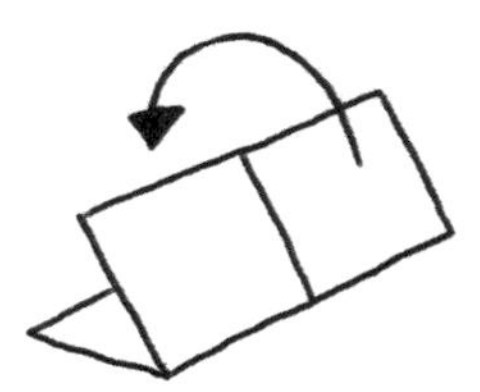

7. Use canetas coloridas para colocar uma marca de cor diferente em cada um dos quadrados do lado de fora.
8. Escreva um número diferente em cada um dos triângulos internos.
9. Escreva embaixo de cada um dos triângulos numerados uma sorte, como "Você vai ser rico e famoso" ou "Você vai viver em outro país".
10. Mova o polegar e o dedo indicador de ambas as mãos debaixo da aba do seu caça-fortuna.
11. Diga a um amigo para escolher uma das cores nas abas do caça-fortuna. Soletre a cor, abrindo e fechando o caça-fortuna a cada letra.
12. Na última letra, segure o caça-fortuna aberto e peça ao seu amigo para escolher um dos quatro números que aparecem dentro.

13. Conte até o número, abrindo e fechando o caça-fortuna, depois peça ao seu amigo para escolher outro número e faça o mesmo.
14. Diga a seu amigo para escolher um último número. Abra a aba correspondente ao número e leia a sorte dele.

Você pode usar o caça-fortuna para muitas outras coisas mudando o que escreve debaixo das abas. Em vez de escrever a sorte, você pode experimentar desafios, perguntas, insultos, nomes dos seus amigos ou qualquer outra ideia que tiver.

COMO MANTER UM DIÁRIO SECRETO

- Tenha em mente que seu diário também é algo especial. Portanto, você pode cobrir uma folha em branco com papel, tecido ou fotos.
- Você não precisa escrever alguma coisa necessariamente todos os dias.
- Concentre-se nos detalhes do seu dia: quem você viu, o que você fez, aonde você foi e como você se sentiu.
- Não se lamente. Escreva atrevidamente.
- Se você estiver escrevendo algo pejorativo sobre as pessoas que conhece, disfarce a identidade delas com codinomes.
- Pode ser uma boa ideia endereçar as anotações a um amigo imaginário.
- Guarde-o em lugar seguro e longe de olhos curiosos.
- Para ficar superseguro de que ninguém vai lê-lo, escreva algo como MEU LIVRO DE ÁLGEBRA na capa.

COMO PROVAR QUE VOCÊ NÃO É UM CABEÇÃO

Então as pessoas dizem que você é um cabeção e que pensa ser o melhor em tudo? Como você vai provar o contrário? Simples: ponha a cabeça através de uma carta de baralho.

1. Dobre uma carta velha de baralho ao meio no comprimento e faça um vinco ao longo da dobra.

2. Com uma tesoura, faça oito cortes igualmente espaçados ao logo da margem dobrada, mas sem atingir a outra margem.

3. Vire a carta e faça sete cortes ao logo da margem aberta, por entre a primeira série de cortes. Não corte através da margem dobrada.

4. Alise a carta e corte cuidadosamente ao longo da dobra de A a B. Agora abra a carta com cuidado em um anel imperfeito e coloque a cabeça nele.

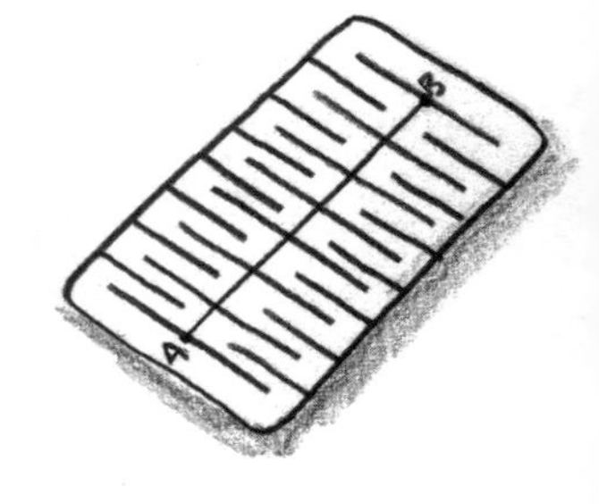

COMO ENVIAR UMA MENSAGEM POR SEMÁFORO

O semáforo é um código que usa diferentes posições para representar cada uma das letras do alfabeto. Para iniciar uma mensagem, cruze os braços na sua frente com os ombros retos e mãos apontadas para o chão. Essa posição significa "Atenção" ou "Fim da Mensagem". Soletre a mensagem usando as posições abaixo. A bandeira preta mostra a posição do braço esquerdo, e a branca, do direito.

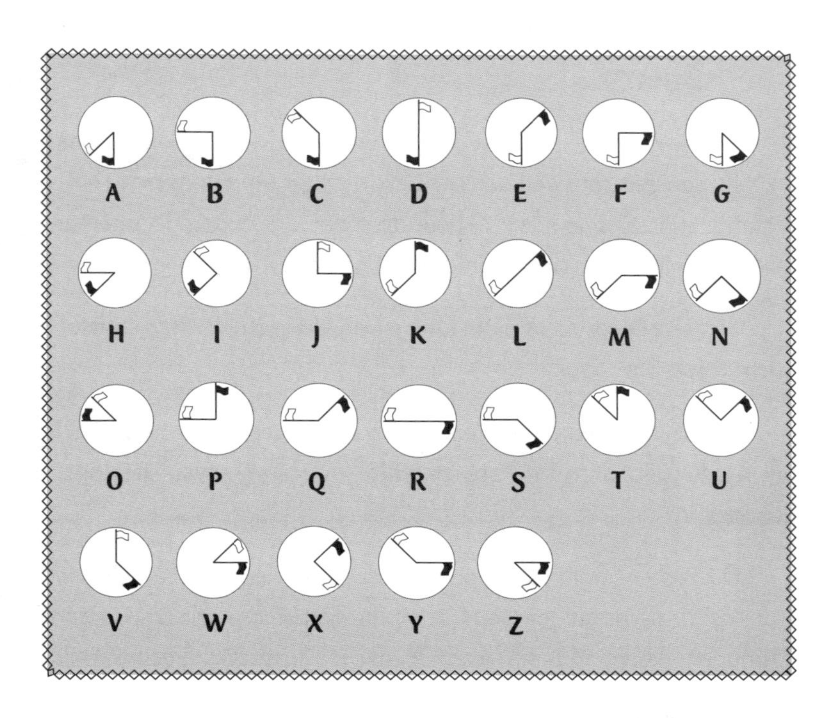

COMO TESTAR SEUS PODERES TELEPÁTICOS

Prepare seis cartões. Cada um deve mostrar uma imagem simples. Algumas sugestões do que você pode desenhar: um quadrado, um triângulo, uma estrela, um círculo, uma linha ondulada e uma espiral.

Sente-se de costas com um amigo e decida quem vai ser o emissor e quem vai ser o receptor.

O emissor embaralha as cartas. Depois o receptor pega uma carta por vez da pilha, grita "vai" e se concentra forte para "enviar" a imagem ao receptor.

O receptor anota com lápis e papel o que vier à cabeça. Quando todas as cartas foram "enviadas", compare as enviadas pelo emissor com as imagens desenhadas pelo receptor em cada ilustração. Procure similaridades. Por exemplo, um triângulo pode ser telepaticamente recebido como uma vela de um barco.

COMO SE BARBEAR

1. Lave bem o rosto.
2. Segure um pano quente e molhado contra a barba por alguns minutos para suavizar a pele.
3. Encha a pia com água morna.
4. Esguiche um pouco de espuma de barbear nas mãos e cubra totalmente a barba. Quanto mais comprida e grossa ela for, mais espuma você vai precisar.
5. Estique a pele firmemente antes de cada movimento e comece de baixo pelas costeletas e puxe o aparelho de barbear com movimentos firmes e leves em direção à mandíbula. Ao barbear, você deve sempre seguir a direção do cabelo.
6. Enxágue frequentemente o aparelho de barbear para evitar que ele fique entupido com pelos.
7. Dobre o lábio superior sob os dentes para esticar a pele entre a boca e o nariz, depois barbeie essa área fazendo movimentos curtos para baixo.
8. Barbeie o queixo, depois incline a cabeça para trás e puxe o aparelho de barbear da parte inferior do pescoço até a ponta do queixo.
9. Lave todo o creme de barbear deixado no rosto e verifique se você não esqueceu nenhum pelo.
10. Aplique água fria ou loção pós-barba e se olhe no espelho.

COMO SER O MELHOR EM TODOS OS LUGARES DO MUNDO

Se você sabe muitos idiomas, pode ser o melhor ao redor do mundo... ou pelo menos fazer as pessoas pensarem que você é!

Português	Sou o melhor
Francês	Je suis le meilleur
Russo	Ya velikiy
Espanhol	Soy lo mejor
Italiano	Sono il migliore
Urdu	Mãi sab se achã
Inglês	I am the best
Alemão	Ich bin das Beste
Sueco	Jag är bäst
Dinamarquês	Jeg er den bedst
Grego	E-me o kaliteros
Polonês	Jestem wspanialy
Árabe	Ana Al'aadham
Mandarim	Wõ shi zui hão de
Hindu	Mãi sab se achã
Suaile	Mimi mbinga ni
Latim	Optimus sum

COMO SER O MELHOR... EM QUALQUER SITUAÇÃO

Este livro fornece muitas ideias e sugestões para ser o melhor em tudo. Mas você terá com certeza ideias brilhantes para registrar e utilizar no futuro.

É isso mesmo o que você poderá fazer nas páginas que se seguem.

TAMBÉM DISPONÍVEL...

Tudo o que você precisa saber em apenas um livro! Divirta-se por horas dominando dicas para todas as situações que uma garota enfrenta. Como fazer as unhas? Como ser aprovada em todas as matérias? Como fazer das suas festas as melhores da turma? Aprenda jogos e truques que farão de você a menina mais popular!

ESTE LIVRO FOI COMPOSTO
EM NEW CALEDONIA PARA A LEYA
EM SETEMBRO DE 2010.

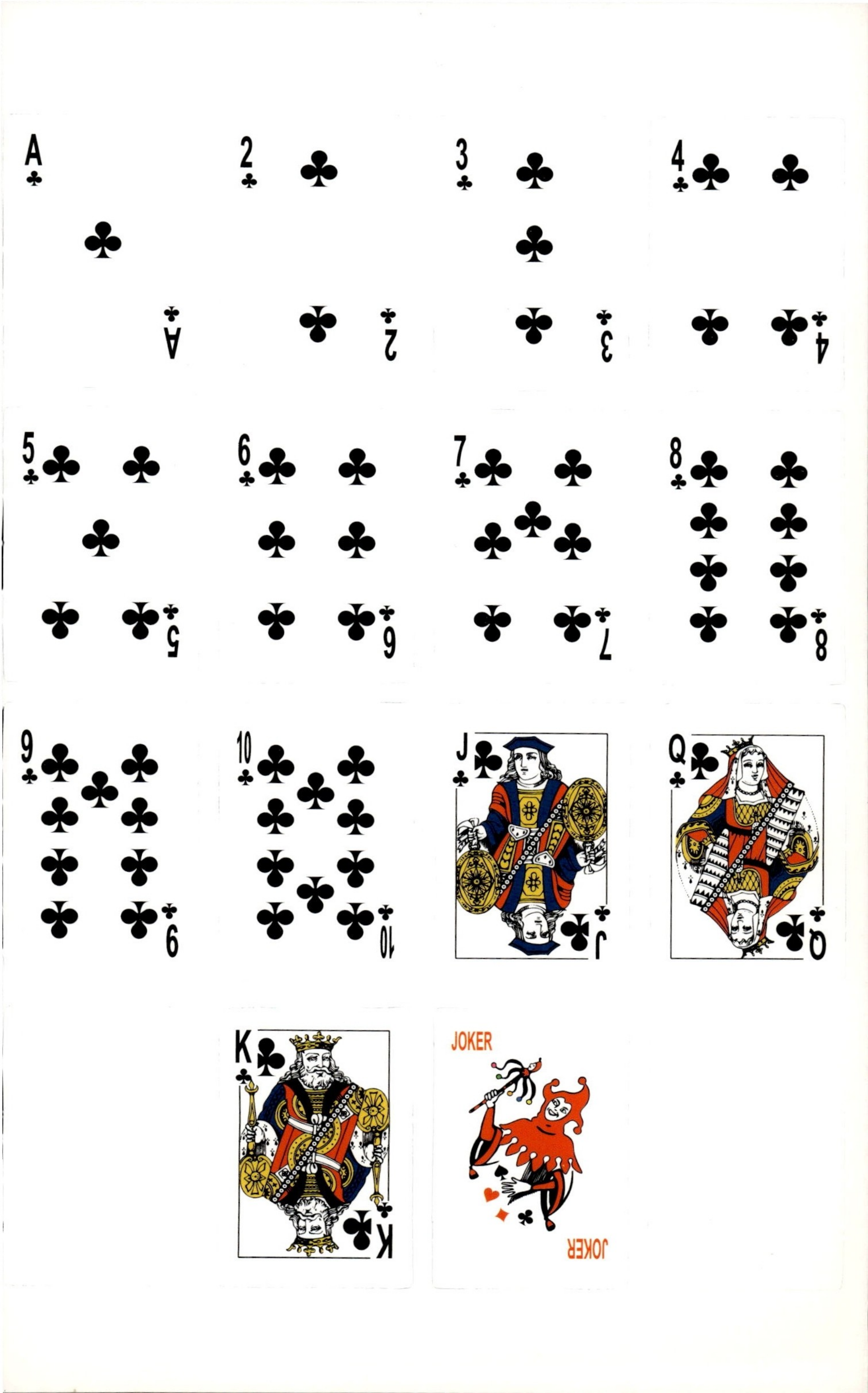
A
2
3
4
5
6
7
8
9
10
J
Q
K
JOKER

Só Para
Garotos
como ser
O melhor
em tudo

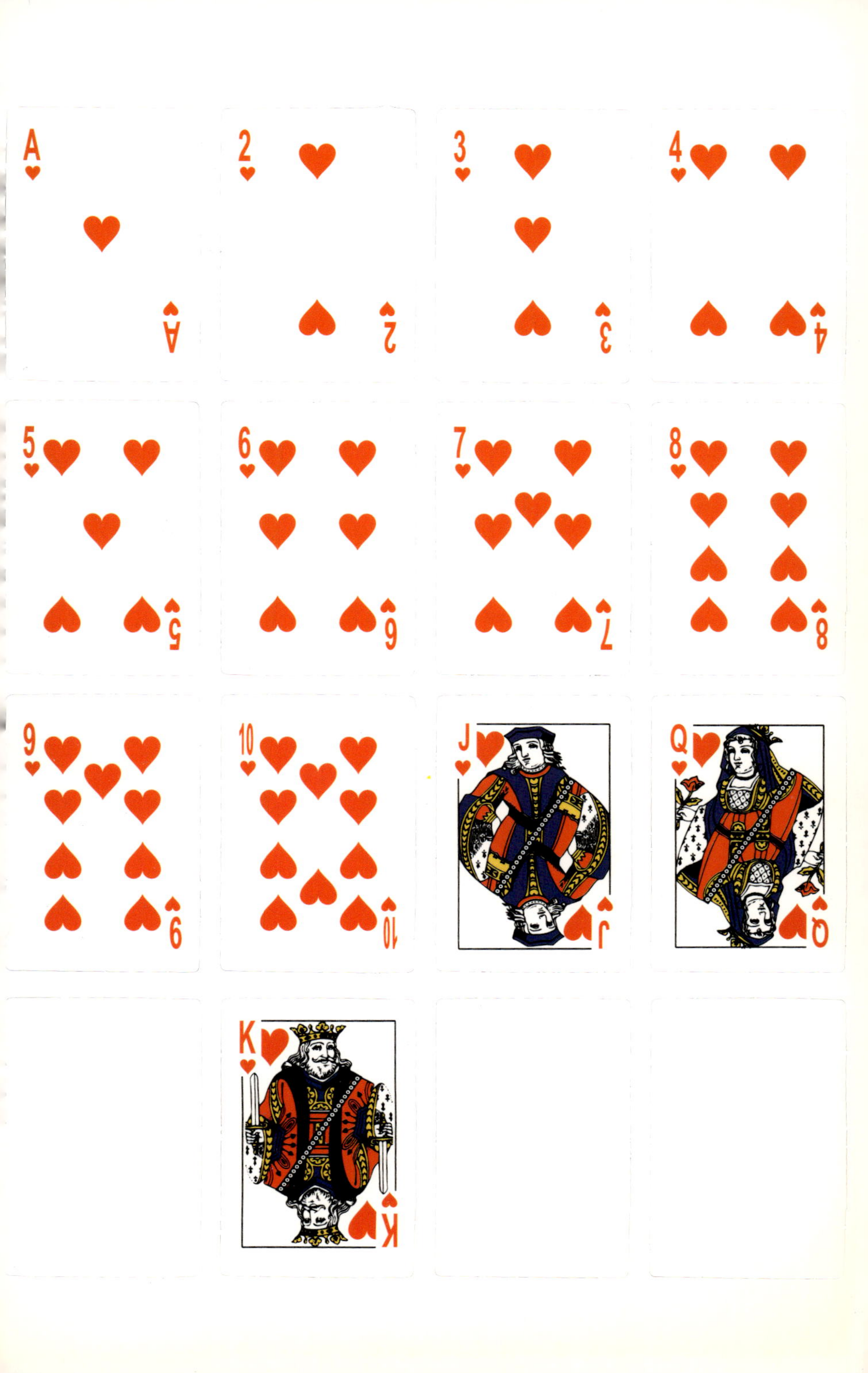

Só Para
GAROTOS
como ser
O MELHOR
em TUDO
Guy Mcdonald e Dominique Enright

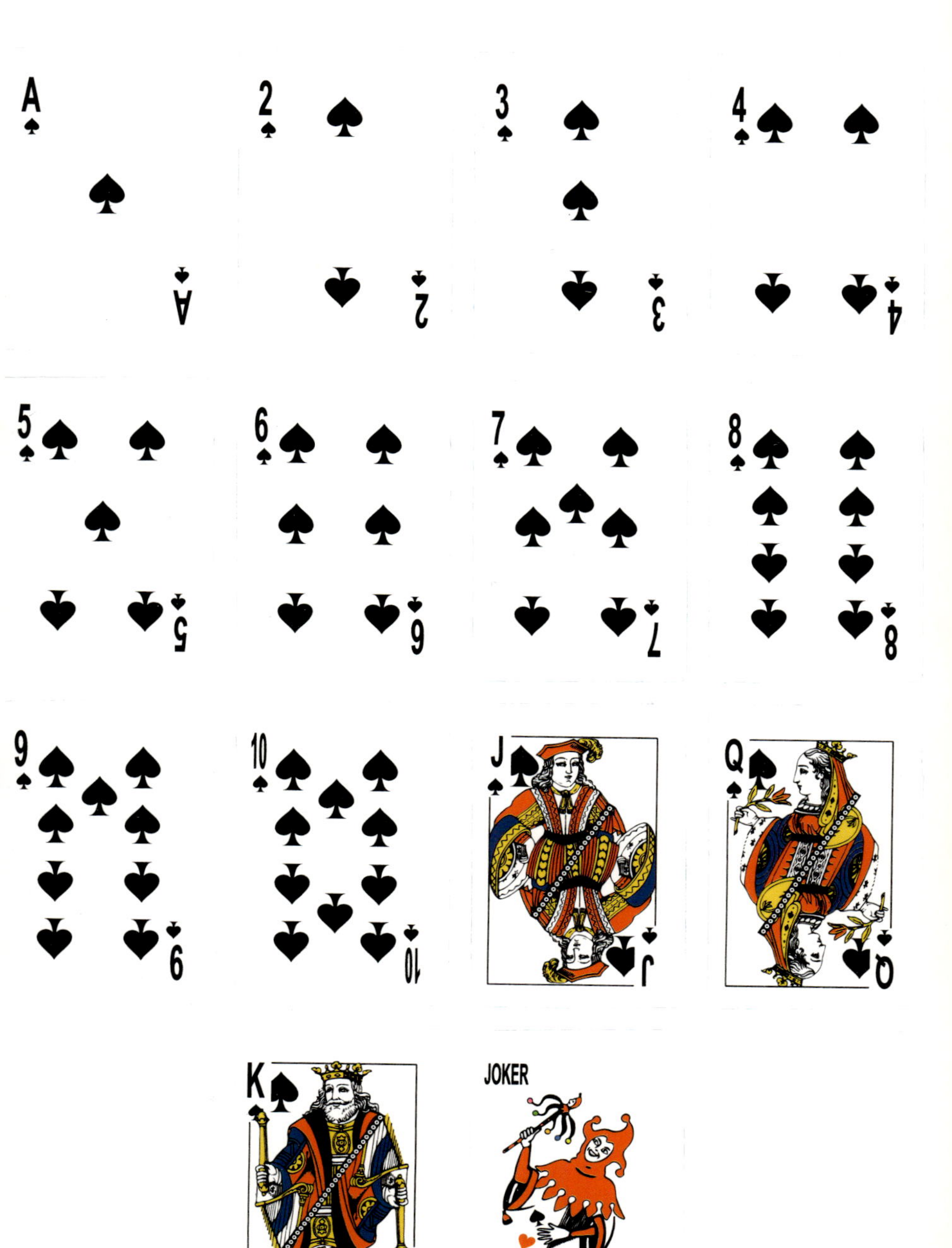
JOKER

Só Para GAROTOS
como ser O MELHOR em TUDO
Guy Mcdonald e Dominique Enright

Só Para GAROTOS
como ser O MELHOR em TUDO
Guy Mcdonald e Dominique Enright

Só Para GAROTOS
como ser O MELHOR em TUDO
Guy Mcdonald e Dominique Enright

Só Para GAROTOS
como ser O MELHOR em TUDO
Guy Mcdonald e Dominique Enright

Guy Mcdonald e Dominique Enright

Guy Mcdonald e Dominique Enright

Guy Mcdonald e Dominique Enright

Guy Mcdonald e Dominique Enright

Guy Mcdonald e Dominique Enright

Guy Mcdonald e Dominique Enright

Guy Mcdonald e Dominique Enright

Guy Mcdonald e Dominique Enright

Guy Mcdonald e Dominique Enright

Guy Mcdonald e Dominique Enright